Nagib Machfus

Die himmlische Begegnung

W0323667

Zu diesem Buch

Neben seinen großen Romanen hat Nagib Machfus zahlreiche Erzählungen geschaffen, in denen sich seine Kunst in höchster Konzentration entfaltet. Liebevoll und heiter rückt er Schwächen und Marotten, Sehnsüchten und Ängsten vor allem des breiten Volkes zu Leibe und zeigt, dass unter Gottes weitem Mantel auch Platz für viele dunkle Leidenschaften ist.
Dieser Band versammelt Kurzgeschichten und Novellen aus allen Schaffensphasen.

»Die unglaubliche Vielfalt von Nagib Machfus' Werk verblüfft nach wie vor.« *Washington Post*

Der Autor

Nagib Machfus, geboren 1911 in Kairo, gehört zu den bedeutendsten Autoren der Gegenwart und gilt als der eigentliche »Vater des ägyptischen Romans«. Sein Lebenswerk umfasst mehr als vierzig Romane, Kurzgeschichten und Novellen. 1988 erhielt er als bisher einziger arabischer Autor den Nobelpreis für Literatur. Nagib Machfus starb 2006 im Alter von 94 Jahren in Kairo.

Im Unionsverlag sind außerdem lieferbar: *Die Kairo-Trilogie (Zwischen den Palästen, Palast der Sehnsucht, Zuckergässchen); Die Midaq-Gasse; Miramar; Die Kinder unseres Viertels; Der Dieb und die Hunde; Das Lied der Bettler; Ehrenwerter Herr; Echo meines Lebens; Die Nacht der Tausend Nächte; Echnaton; Anfang und Ende; Der letzte Tag des Präsidenten; Spiegelbilder; Der Rausch; Die Reise des Ibn Fattuma; Cheops; Radubis; Das Buch der Träume; Karnak-Café* und *Das junge Kairo.*

Mehr über den Autor und sein Werk auf *www.unionsverlag.com*

Nagib Machfus

Die himmlische Begegnung

Erzählungen

Aus dem Arabischen
von Susanne Enderwitz, Hartmut Fähndrich,
Doris Kilias und Wiebke Walter

Unionsverlag

Im Internet
Aktuelle Informationen, Dokumente und Materialien
zu Nagib Machfus und diesem Buch
www.unionsverlag.com

Unionsverlag Taschenbuch 873
© by Nagib Machfus
Die vorliegende Ausgabe erscheint mit Genehmigung
der American University in Cairo Press.
© by Unionsverlag 2020
Neptunstrasse 20, CH-8032 Zürich
Telefon +41 44 283 20 00
mail@unionsverlag.ch
Alle Rechte vorbehalten
Die erste Ausgabe dieses Werks im Unionsverlag erschien 2010
Reihengestaltung: Heinz Unternährer
Umschlagfoto: Jim Kalligas (Unsplash)
Umschlaggestaltung: Peter Löffelholz
Druck und Bindung: CPI – Clausen & Bosse, Leck
ISBN 978-3-293-20873-5

Der Unionsverlag wird vom Bundesamt für Kultur mit einem
Verlagsförderungs-Strukturbeitrag für die Jahre 2016–2020 unterstützt.

Inhalt

Zaabalawi

Ich war überzeugt, dass ich Scheich Zaabalawi finden musste. Ich hatte seinen Namen zum ersten Mal in einem Lied gehört:

Was ist mit der Welt geschehen, Zaabalawi,
sie kehren das Unterste zuoberst und machen sie öd.

Damals, in meiner Kindheit, war das Lied sehr bekannt gewesen. Eines Tages kam mir der Gedanke, meinen Vater danach zu fragen, so wie Kinder eben nach allem fragen. Ich fragte ihn also: »Vater, wer ist Zaabalawi?«

Er blickte mich zögernd an, als zweifele er daran, dass ich die Antwort schon verstehen würde. Schließlich sagte er: »Möge er dich segnen, er ist ein wahrer Gesandter Gottes, er trägt alle Sorgen und Nöte. Hätte es ihn nicht gegeben, wäre ich elendig gestorben.«

In den folgenden Jahren hörte ich immer wieder, wie man diesen guten Heiligen und dessen Wundertaten pries. Die Jahre vergingen, ich wurde des Öfteren krank, aber für jede Krankheit gab es ohne große Mühe und Kosten geeignete Heilmittel. Aber dann befiel mich eine Krankheit, gegen die niemand ein Mittel wusste. Als ich keinen Ausweg mehr sah und völlig verzweifelte, fiel mir plötzlich ein, was ich in meiner Kindheit gehört hatte. Ich fragte mich: Warum gehe ich nicht zu Scheich Zaabalawi? Ich erinnerte mich, dass mein Vater mir gesagt hatte, er habe ihn in Scheich Kamars Haus im Chan Gafar kennengelernt. Kamar war einer der Scheichs, die an den religiösen Gerichtshöfen Recht sprachen. Ich wollte also sein Haus suchen, wollte feststellen, ob er noch immer dort lebte.

Gleich unten im Haus fragte ich einen Bohnenverkäufer. Er sah mich überrascht an. »Was, Scheich Kamar? Der ist schon lange fort von hier. Man sagt, er wohne jetzt in Garden City. Sein Büro soll am Azharplatz sein.«

Ich suchte die Adresse seines Büros im Telefonbuch und machte mich auf den Weg zum Gebäude der Handelskammer, in dem sich auch sein Büro befinden sollte. Ich meldete mich an und trat in sein Zimmer, aus dem gerade eine sehr hübsche Dame kam, die mich mit einem wunderbaren Parfüm einhüllte. Scheich Kamar empfing mich lächelnd und bat mich, Platz zu nehmen.

Ich setzte mich in einen eleganten Ledersessel. Trotz meiner groben Schuhe spürten meine Füße den weichen, kostbaren Teppich. Der Mann trug einen modernen Anzug und rauchte genüsslich eine Zigarre, zufrieden mit sich und seinem Besitz. Die freundliche Begrüßung ließ keinen Zweifel, dass er mich für einen Kunden hielt. Mir war es peinlich, dass ich seine teure Zeit in Anspruch nehmen wollte, denn er hatte sicherlich viel zu tun.

Er ermunterte mich zu sprechen und sagte: »Herzlich willkommen.«

Um die etwas missverständliche Situation zu klären, antwortete ich: »Ich bin der Sohn eines Ihrer alten Freunde, des Scheichs Ali al-Tatawi.«

Daraufhin blickte er schon viel gelangweilter, aber noch mit einem gewissen Interesse, denn er schien nicht alle Hoffnung verloren zu haben. »Gott sei ihm gnädig, er war ein guter Mensch«, antwortete er.

Ich fasste neuen Mut, angetrieben durch die unerträglichen Schmerzen, die mich hergebracht hatten. »Er hat mir einmal über einen sehr frommen Heiligen erzählt, der Zaabalawi hieß und den er im Haus Euer Gnaden getroffen hatte. Ich hoffe sehr, dass er noch lebt«, sagte ich.

Nun schaute er mich noch abweisender an. Es hätte mich nicht gewundert, wenn er mich mitsamt der Erinnerung an meinen Vater hinausgeworfen hätte. Als wolle er das Gespräch abschließen, sagte er: »Das ist schon sehr lange her, ich erinnere mich kaum noch …«

Zum Zeichen, dass ich ihn verlassen wolle, erhob ich mich. »War er wirklich ein Heiliger?« versuchte ich es noch einmal.

»Für uns war er ein Wundertäter.«

Um ihn noch mehr zu beruhigen, ging ich zur Tür. »Und wo könnte ich ihn heute finden?«

»Soviel ich weiß, wohnt er im Birgawi-Viertel in al-Azhar.« Er beugte sich demonstrativ über die Papiere, die auf seinem Schreibtisch lagen, als wolle er damit zeigen, dass er seinen Mund nicht noch einmal öffnen würde.

Ich dankte ihm mit einem Kopfnicken und entschuldigte mich für die Störung. Als ich das Büro verließ, brummte mir vor Scham der Kopf, und ich konnte kaum noch etwas hören.

Ich fuhr nach Birgawi, einem der übervölkerten Viertel in Kairo. Die Zeit hatte erbarmungslos an den Häusern gefressen. Nichts war übrig geblieben, abgesehen von den antiken Außenflächen und Höfen, die trotz aller Kontrollen als Misthaufen benutzt wurden. Ein überdachter Eingang diente als Laden, in dem alte Bücher über Theologie und Mystizismus verkauft wurden. Der Besitzer war klein und unscheinbar; es schien, als sei er überhaupt erst so etwas wie die Einleitung zu einem Mann. Als ich ihn nach Zaabalawi fragte, sah er mich mit seinen entzündeten und zusammengekniffenen Augen verwundert an. »Zaabalawi! Ach Gott, das ist schon ewig her. Er hat hier einmal gewohnt, als man hier noch wohnen konnte. Er hat sich oft zu mir gesetzt und mit mir über vergangene Zeiten gesprochen. Wäre er hier, wäre ich gesegnet. Aber wo ist Zaabalawi?« Bedauernd hob er die Schultern und wandte sich dienstfertig dem nächsten Kunden zu.

Ich ging, um mich bei den anderen Ladenbesitzern im Viertel zu erkundigen. Viele hatten noch nie etwas von Zaabalawi gehört, andere erinnerten sich an gemeinsam verbrachte schöne Tage, kannten aber nicht seinen jetzigen Wohnort. Aber es gab auch welche, die über ihn spotteten und ihn einen Scharlatan nannten. Sie rieten mir, einen Arzt aufzusuchen – als ob ich das nicht schon von allein getan hätte. Ich sah keinen anderen Ausweg, als nach Hause zurückzukehren.

Die Tage verflogen wie Staub in der Luft. Die Schmerzen nahmen zu. Mir war klar, dass ich es nicht mehr lange aushalten würde. Wieder begann ich, nach Zaabalawi zu fragen, und klammerte mich an die Hoffnung, die sein ehrwürdiger Name in mir weckte. Da fiel mir ein, dass ich doch den Scheich unseres Viertels nach ihm fragen könnte. Ich wunderte mich, weshalb ich nicht gleich auf diese Idee gekommen war.

Sein Büro war ein kleiner Laden. Außer einem Schreibtisch und einem Telefonapparat befand sich nichts darin. Er saß am Tisch, ein Jackett über einem langen gestreiften Gewand, und unterhielt sich mit einem Mann. Meine Anwesenheit störte ihn offenbar nicht, und so stand ich denn und wartete. Als der Gast ging, musterte mich der Scheich kühl, und mir wurde klar, dass ich ihn erst mit den üblichen Mitteln zugänglich machen musste. Alsbald lächelte er freundlich und forderte mich auf, Platz zu nehmen. Auf die Frage, was ich wünschte, antwortete ich: »Ich muss unbedingt Scheich Zaabalawi finden.«

Wie alle anderen vorher schaute auch er mich bestürzt an. Als er lächelte, sah ich seine Goldzähne. »Zuerst einmal: Er lebt. Er ist noch nicht gestorben. Aber er hat keinen festen Wohnsitz. Da haben Sie Pech. Vielleicht treffen Sie ihn ganz zufällig, wenn Sie aus der Haustür treten, aber genauso gut können Sie auch viele Tage, ja Monate ergebnislos nach ihm suchen. Vielleicht finden Sie ihn überhaupt nicht. Vielleicht werde auch ich ihn nicht mehr sehen. Er ist ein seltsamer Mensch, er verwirrt die Köpfe. Aber ich danke Gott, dass er noch lebt.« Er sah mich lange an. »Wie es scheint, ist Ihr Zustand ernst.«

»Sehr!«, sagte ich.

»Gott stehe Ihnen bei. Aber warum suchen Sie ihn nicht systematisch?« Er nahm ein Stück Papier vorn Schreibtisch und zeichnete unglaublich geschickt und schnell einen genauen Plan der Stadt, mit all den vielen Vierteln, Gassen, engen Durchgängen und Plätzen. Dann betrachtete er sein Werk voller Stolz und sagte: »Das sind Wohnhäuser, hier ist das Viertel der Gewürzkrämer, hier das der Kupferschmiede, hier das der Goldschmiede, dort die Polizeiinspektion und die Feuerwehr. Die Zeichnung ist ein guter Wegweiser. Beobachten Sie die Cafés, die Treffpunkte der Derwische und das Grüne Tor. Vielleicht verbirgt er sich unter den Bettlern und ist von ihnen nicht zu unterscheiden. Ich habe ihn seit Jahren nicht mehr gesehen, ich musste mich um meine eigenen Dinge kümmern. Aber als Sie nach ihm fragten, erinnerte ich mich wieder an die schöne Zeit unserer Jugend.«

Ich schaute verwirrt auf den Plan.

Das Telefon läutete, und bevor er den Hörer aufnahm, sagte er: »Da, nehmen Sie, ich stehe immer gern zu Ihren Diensten.«

Draußen faltete ich den Zettel zusammen. Ich durchstreifte das ganze Viertel, ging in jede Straße und durch jede Gasse. Ich fragte jeden, von dem ich vermutete, dass er Bescheid wissen könnte. Schließlich sagte mir ein Plättereibesitzer: »Geh zum Schreiber Hassanein in Umm al-Ghulam. Er war sein Freund.«

Ich ging nach Umm al-Ghulam und fand Amm Hassanein in einem engen, schlauchartigen Laden. Er arbeitete. Eine Unmenge Bilder und Farbbüchsen stand herum. Aus den Ecken wehte mich ein seltsamer Geruch an, der mich an Leim und Öl erinnerte. Amm Hassanein saß mit gekreuzten Beinen auf einem Stück Fell. Vor ihm, an der Wand, lehnte ein Bild, und er war gerade dabei, mit Silberfarbe den Namen Gottes auf die Mitte des Bildes zu schreiben. Er war so mit dem Ausschmücken der Buchstaben beschäftigt, dass man Ehrfurcht empfinden musste. Ich blieb hinter ihm stehen, denn ich hatte Angst, ihn zu stören und in der Ausübung seiner Kunst zu unterbrechen. So stand ich also und wartete verschüchtert. Ohne sich mir zuzuwenden, fragte er plötzlich einfach und freundlich: »Ja?«

Ich begriff, dass er mich doch bemerkt hatte, stellte mich ihm vor und sagte: »Ich habe gehört, dass Scheich Zaabalawi Ihr Freund ist. Ich suche ihn.«

Seine Hand hielt inne. Er sah mich forschend an und sagte seufzend: »Zaabalawi? Gott sei mit ihm!«

Ungeduldig fragte ich: »Er ist doch Ihr Freund. Oder nicht?«

»Er war, er war. Ein Mann voller Geheimnisse. Er nimmt sich deiner an, dass du denkst, du bist mit ihm verwandt. Dann verschwindet er, als ob es ihn nie gegeben hätte. Aber Heilige darf man nicht tadeln.«

Meine Hoffnung erlosch wie Lampen bei Stromsperre.

»Er war dauernd bei mir«, fuhr der Schreiber fort, »sodass ich schon dachte, er sei ein Teil dessen, was ich male. Aber wo mag er jetzt sein?«

»Vielleicht lebt er doch noch?«

»Natürlich lebt er, da gibt es keinen Zweifel … Er hatte einen wunderbaren Geschmack, niemand übertraf ihn darin. Als er noch da war, entstanden meine schönsten Bilder.«

Als ich wieder zu sprechen begann, war in meiner Stimme so wenig Hoffnung wie Feuer in der Asche. »Gott allein weiß, wie dringend ich ihn brauche! Sie kennen vielleicht die Leiden, derentwegen er aufgesucht wird.«

»Ja, ja. Möge Gott Ihnen helfen. Es ist wahr, er ist ein Mann … ach, und noch mehr.« Er lächelte strahlend. »Er hat so ein schönes, unvergessliches Gesicht. Aber wo mag er sein?«

Ich riss mich los, schüttelte ihm die Hand und ging. Ich streunte weiter im Viertel herum, fragte im Osten und im Westen, fragte jeden, der alt und erfahren aussah. Schließlich erzählte mir ein Lupinenverkäufer, dass er ihn unlängst im Hause des Scheichs Gad, des bekannten Komponisten, getroffen habe.

Ich ging zum Haus des Musikers in Tambakschiya und fand ihn selbst in einem geschmackvoll eingerichteten altarabischen Zimmer. Von allen Möbeln ging der Hauch des Historischen, des Ehrwürdigen aus. Er saß auf einem Sofa; seine berühmte Laute lag auf seinen Knien, und er spielte einige der schönsten Lieder unseres Jahrhunderts. Aus dem Hausinnern klang das Gestampfe eines Mörsers und Kindergeschrei.

Als ich ihn begrüßte und mich vorstellte, empfing er mich so herzlich und überschwänglich, dass ich mich gleich wie zu Hause fühlte. Mit keinem Wort, keiner Geste fragte er nach dem Grund meines Besuches. Mir war, als dächte er nicht einmal darüber nach, als spürte er keinerlei Neugier. Ich war erstaunt über so viel Freundlichkeit und menschliches Entgegenkommen und betrachtete dies als sehr verheißungsvoll.

»Scheich Gad«, sagte ich, »ich bin ein großer Verehrer Ihrer Kunst. Wie war ich begeistert, wenn ich Sie hörte.«

»Danke«, sagte er lächelnd.

Schüchtern fuhr ich fort: »Entschuldigen Sie bitte, wenn ich Sie damit belästige, aber mir wurde gesagt, dass Zaabalawi Ihr Freund sei. Ich brauche ihn dringend.«

Er runzelte bedeutungsvoll die Stirn. »Zaabalawi! Sie brauchen ihn? Gott mit Ihnen! Aber wer weiß, wo du bist, Zaabalawi?«

Besorgt fragte ich: »Besucht er Sie denn nicht?«

»Er war vor langer Zeit einmal bei mir. Vielleicht kommt er in diesem Augenblick, aber vielleicht sehe ich ihn bis zu meinem Tode nicht mehr.«

Mit kaum hörbarer Stimme seufzte ich: »Warum ist er so eigenartig?«

Er nahm die Laute und lachte. »So sind die Heiligen, sonst wären sie keine.«

»Deshalb müssen die, die sie brauchen, so leiden wie ich?«

»Das Leiden gehört zur Behandlung.« Er nahm das Blättchen, schlug eine Saite an und summte eine hübsche Melodie.

Ich hörte ihm gedankenlos zu und sagte dann wie zu mir selbst: »Dann war mein Besuch also vergeblich.«

Wieder lächelte er, lehnte seine Wange an die Laute und sagte: »Das verzeihe Ihnen Gott! Wie kann man so etwas über einen Besuch sagen, bei dem ich Sie und Sie mich kennenlernten?«

Ich war sehr beschämt und entschuldigte mich: »Verzeihen Sie, aber die Enttäuschung lässt mich alle guten Sitten vergessen.«

»Überlassen Sie sich nicht Ihrer Verzweiflung. Dieser seltsame Mann macht es allen, die ihn suchen, schwer. Früher einmal war es leicht mit ihm, als er noch einen festen Wohnsitz hatte. Aber heutzutage hat sich die Welt verändert. Als er berühmt wurde und dies den Regierenden nicht gefiel, verfolgte ihn die Polizei wegen Betrügerei. Dadurch ist es nicht so einfach, ihn zu erreichen. Aber gedulden Sie sich und seien Sie sicher: Sie werden ihn finden.« Er hob den Kopf und schlug mehrere Töne an, bis er eine Einleitung gefunden hatte. Dann sang er:

Üppiges Erinnern an die, die ich liebte
und bringt mir das Tadel.
Mit der Geliebten zu sprechen
ist wie des Weins Labe.

»Das habe ich«, erklärte er, »in einer einzigen Nacht komponiert. Es war, wenn ich mich recht erinnere, am Fest des Fastenbrechens. Zaabalawi war die ganze Nacht über mein Gast gewesen und hatte auch dieses Gedicht ausgewählt. Er saß, wie Sie jetzt, neben mir. Er spielte mit meinen Kindern, als sei er eines von ihnen. Wurde ich müde oder hatte ich keinen Einfall mehr, schlug er mir scherzend auf die Brust und lachte über mich. Mein Herz war voll von Musik, und ich suchte und fand schließlich das schönste Lied, das ich je komponiert und auf dem Papier festgehalten habe.«

Überrascht fragte ich: »Verstand er denn etwas von Musik?«

»Er selbst war Musik. Schon seine Stimme war wunderschön.

Kaum hörtest du sie, bekamst du Lust zum Singen. Ein unvergessliches Glücksgefühl regte sich in dir.«

»Wie kommt es, dass er Leiden heilt, bei denen andere ratlos sind?«

»Das ist sein Geheimnis. Aber vielleicht erfahren Sie es, wenn Sie ihn treffen.«

Wann aber werde ich ihn treffen? Wir genossen das Schweigen. Der Lärm der Kinder drang bis in unser Zimmer. Der Mann begann wieder zu singen. Er wiederholte das Lied, sang es immer wieder auf andere Art und in anderen Variationen, sodass ich vor Begeisterung die Wände wie im Rausch tanzen sah. Ich sagte ihm, wie sehr mir das gefalle, und er dankte mir mit einem freundlichen Lächeln. Dann stand ich auf, und er begleitete mich bis an die Eingangstür. Als ich ihm die Hand reichte, sagte er: »Ich hörte übrigens, dass er in den letzten Tagen oft mit Hagg Wanas al-Damanhuri zusammengetroffen ist. Kennen Sie ihn?«

Ich verneinte, aber neue Hoffnung erfüllte mein Herz.

Er sprach weiter: »Hagg Wanas hat eine Erbschaft gemacht und besucht deshalb von Zeit zu Zeit Kairo. Er wohnt in irgendeinem Hotel, aber auf jeden Fall sitzt er jeden Abend in der Nagma-Bar in der Alfi-Straße.«

Ich wartete bis zum Abend, ging dann in die Nagma-Bar und fragte einen Kellner nach Hagg Wanas. Der Kellner wies in eine halb verdeckte Ecke. Hinter einer dicken, viereckigen, mit Spiegeln verkleideten Säule sah ich einen Mann, der ganz allein am Tisch saß. Vor ihm standen zwei Flaschen, die eine leer, die andere zu einem Drittel geleert. Außer ein paar Appetithäppchen war nichts auf dem Tisch. Ich war sicher, dass ich einem Trinker gegenüberstand.

Der Mann trug ein langes seidenes Kleid und einen sorgfältig gebundenen Turban. Er streckte seine Füße bis an den Säulensockel und betrachtete sich geruhsam und zufrieden im Spiegel. Sein rundes Gesicht, auf dem sich das Alter abzuzeichnen begann, sah noch gut aus und hatte die gleiche Farbe wie der Wein.

Ich näherte mich ihm rasch, blieb aber zwei Armlängen vor ihm stehen. Er drehte sich nicht zu mir um. Es schien, als habe er mich nicht bemerkt. Umso freundlicher sagte ich: »Guten Abend, Herr Wanas.«

Mit einem Ruck drehte er sich herum, offenbar hatte ich ihn aus der Lethargie geweckt. Voller Verachtung musterte er mich. Ich trat näher, um mich wegen der Störung zu entschuldigen, aber bevor ich noch den Mund öffnen konnte, sagte er halb befehlend, halb freundlich: »Erstens setzen Sie sich hin, und zweitens trinken Sie!«

Ich wollte mich entschuldigen, aber er steckte sich die Finger in die Ohren. »Kein Wort, wenn Sie nicht machen, was ich Ihnen sage!«

Nun wusste ich, dass ich einen launenhaften Trinker vor mir hatte. Ich wollte ihm wenigstens halbwegs erklären, weshalb ich gekommen war, setzte mich also und lächelte. »Würden Sie gestatten, dass ich eine einzige Frage …«

Er nahm die Finger nicht aus den Ohren, sondern wies nur mit den Augen auf die Flasche. »An so einem Abend wie diesem gestatte ich nicht, dass zwischen mir und einem anderen geredet wird, wenn er nicht genauso betrunken ist wie ich. Sonst ist der Abend sinnlos, und es fehlt das gemeinsame Verständnis.«

Ich gab ihm zu verstehen, dass ich nie zu trinken pflege. Er erwiderte gleichgültig: »Das ist Ihre Sache. Es war nur meine Bedingung.« Er füllte mir ein Glas.

Ich gab nach und trank. Kaum war das Zeug in meinem Magen, brannte es fürchterlich. Ich wartete eine Weile, bis ich mich daran gewöhnt hatte, dann sagte ich: »Das ist aber stark! Ich denke, dass ich Sie jetzt vielleicht fragen könnte …«

Aber wieder steckte er sich die Finger in die Ohren und sagte: »Ich werde nicht eher zuhören, bevor Sie nicht betrunken sind.« Er füllte das Glas zum zweiten Mal. Ich sah es zögernd an, überwand meinen Ekel und trank es auf einen Zug aus. Bevor ich erneut auf mein Anliegen zurückkommen konnte, hatte ich allen Willen verloren. Nach dem dritten Glas ließ mein Gedächtnis nach, nach dem vierten verschwand die Zukunft. Alles drehte sich, ich vergaß meine Umgebung und wusste schließlich nicht mehr, weshalb ich eigentlich gekommen war.

Der Mann beugte sich aufmerksam vor, aber ich konnte nur eine Farbfläche erkennen, deren Bedeutung mir unklar war. Genauso sah auch alles andere aus. Ich wusste nicht mehr, wie viel Zeit vergangen war, mein Kopf fiel auf die Stuhllehne, und ich begann zu schlafen. Ich träumte etwas Wunderschönes – noch nie im Leben hatte ich so etwas geträumt. Ich war in einem Garten ohne Zaun, der nur von vielen gewaltigen Bäumen begrenzt war. Der Himmel war nicht zu sehen, nur Sterne blitzten zwischen den sich umarmenden Ästen und Zweigen. Es war eine Stimmung wie bei Sonnenuntergang oder bei Nebel. Ich lag auf einem Berg von Jasminblüten, die wie Sprühregen vom Himmel fielen. Das klare Wasser einer Fontäne benetzte meinen Kopf und meine Stirn. Ich war zufrieden, ruhte voller Entzücken und Wohlbefinden aus. Ein ganzes Orchester sang, trillerte und gurrte in meinen Ohren, eine seltsame Harmonie erfüllte mich, meine Seele fühlte sich eins mit der Welt. Alles war, wie es sein musste: ohne Zwietracht, Leid und Hässlichkeit. Ich brauchte nichts zu sagen, mich nicht zu bewegen, ein Freudenrausch erfüllte den Raum. Leider dauerte dieser Zustand nicht lange an, denn bald darauf öffnete ich die Augen. Das volle Bewusstsein traf mich wie eine Verhaftung durch die Polizei. Ich erkannte Wanas al-Damanhuri, der mich mitleidig betrachtete. Bis auf ein paar Schlafende war die Bar leer.

»Sie haben tief geschlafen. Sicherlich brauchten Sie dringend ein bisschen Ruhe«, sagte der Mann.

Ich stützte meinen schweren Kopf in die Handflächen, aber schnell zog ich sie weg und sah überrascht auf, als ich Wassertropfen spürte. Empört sagte ich: »Mein Kopf ist ja nass!«

»Ja«, sagte er voller Ruhe, »mein Freund hat versucht, Sie wach zu machen.«

»Hat mich jemand in diesem Zustand gesehen?«

»Seien Sie unbesorgt, er ist ein guter Mensch. Haben Sie noch nie von Scheich Zaabalawi gehört?«

»Zaabalawi?«, schrie ich und sprang auf.

Erstaunt antwortete er: »Ja. Was ist los?«

»Wo ist er?«

»Ich weiß nicht, wo er jetzt ist. Er war hier, und dann ging er.«

Ich wollte weglaufen, aber ich war erschöpfter, als ich dachte. Voller Verzweiflung rief ich aus: »Ich bin nur gekommen, um ihn zu treffen! Helfen Sie mir, ihn zu finden! Schicken Sie jemanden, um nach ihm zu fragen!«

Der Mann rief einen Garnelenverkäufer und bat ihn, nach dem Scheich auszuschauen und ihn herzubitten. Dann wandte er sich mir zu und sagte: »Ich wusste nicht, dass Sie krank sind. Es tut mir sehr leid.«

Wütend sagte ich: »Sie ließen mich ja nicht zu Wort kommen!«

»Oh, wie schade. Auf diesem Stuhl hat er gesessen, direkt neben Ihnen. Er spielte während der ganzen Zeit mit einer Kette aus Jasminblüten, die um seinen Hals hing. Einer seiner Verehrer hatte sie ihm geschenkt. Er hatte großes Mitleid mit Ihnen und befeuchtete Ihren Kopf mit Wasser, damit Sie wieder klar werden.«

Ich ließ keinen Blick von der Tür, durch die der Garnelenverkäufer verschwunden war. »Trifft er Sie jeden Abend hier?«

»Heute Abend war er da, gestern und vorgestern auch. Aber vorher hatte ich ihn mindestens einen Monat lang überhaupt nicht gesehen.«

Ich seufzte und überlegte laut: »Vielleicht kommt er morgen?«

»Vielleicht.«

»Ich zahle ihm, was er will«, sagte ich.

Wanas erklärte mir freundschaftlich: »Das Seltsame ist, dass er keinerlei Versuchung unterliegt. Er wird Sie kostenlos heilen, wenn Sie ihn treffen.«

»Ohne Entgelt?«

»Ja«, erwiderte er. »Er braucht nur das Gefühl, dass Sie ihn lieben.«

Der Garnelenverkäufer kehrte erfolglos zurück. Ich nahm all meine Kraft zusammen und verließ, wenn auch taumelnd, die Bar. An jeder Ecke rief ich: »Zaabalawi!« Vielleicht gab es irgendwo eine Antwort. Aber alles Rufen war vergebens. Die Straßenjungen drehten sich nach mir um und blickten mir spöttisch nach. Schließlich rief ich das nächste Taxi herbei.

Den anderen Abend verbrachte ich bis zum Morgengrauen mit Wanas al-Damanhuri, aber der Scheich erschien nicht. Wanas erklärte mir, dass er wieder aufs Land fahren würde und erst zur Zeit des Baumwollverkaufs wieder nach Kairo käme. Ich sagte mir, dass ich warten musste. Auf jeden Fall hatte ich mich von der Existenz Zaabalawis überzeugt. Und nicht nur davon, sondern auch von der Tatsache, dass er sehr hilfsbereit war.

So manches Mal während der langen Wartezeit war ich nahe daran zu verzweifeln. Hoffnungslosigkeit überfiel mich. Ich versuchte, nicht mehr an ihn zu denken. Wie viele müde gewordene Menschen kennen ihn nicht oder halten ihn für eine Märchenfigur. Warum sollte ich meine arme Seele also quälen?

Aber kaum begannen die Schmerzen, da erinnerte ich mich wieder an ihn. Ich fragte mich, wann ich endlich Erfolg haben und ihn treffen würde. Nicht einmal die Tatsache, dass ich von Wanas nichts weiter hörte, als dass er ins Ausland gegangen war, entmutigte mich.

Schließlich war ich überzeugt, dass ich Scheich Zaabalawi finden musste.

Ja, ich musste Zaabalawi finden …!

Geld

Am Eingang des Gebäudes Nummer 115 in der Ramsesstraße drängten sich die Leute vor den Fahrstuhltüren. Dieser Eingang war immer voller Menschen, wie es in einem Hochhaus üblich ist, in dem sämtliche Räume an Unternehmen vermietet sind. Unter den Wartenden fanden sich drei, die etwa zur gleichen Zeit gekommen waren, zwei Männer und ein Mädchen, aber wie die meisten in dem Gedränge kannten sie einander nicht. Natürlich achtete niemand auf die beiden Männer, aber das Mädchen zog seiner Jugend, seiner Schönheit und seiner Eleganz wegen verstohlene, aufmerksame Blicke auf sich. Während der eine der beiden Männer ein erbittertes Selbstgespräch zu führen schien, er biss sich sogar von Zeit zu Zeit auf die Nägel, trat in die Augen des anderen ein verträumter, trauriger Blick. Wenn er zufällig das Mädchen ansah, leuchteten seine Augen auf.

Der Erste der drei begab sich zum Appartement Nummer 18 im dritten Stock. Er begrüßte die liebenswürdige Sekretärin und stellte sich in einer Mischung aus Freundlichkeit und Vertraulichkeit vor: »Mohammed Badran.«

Das Mädchen verschwand kurz hinter der Tür des Direktors, dann kam es zurück und sagte: »Bitte!«

Mohammed Badran betrat das Zimmer des Direktors. Der streckte ihm, ganz von einem Telefongespräch in Anspruch genommen, von seinem Schreibtisch aus die Hand entgegen und bedeutete ihm, er solle Platz nehmen.

Er versank in einem großen Ledersessel vor dem Schreibtisch. In zauberhafter Geschwindigkeit legte sich die klimatisierte Luft auf seine Haut und seine Nerven. Sie erfrischte ihn und wiegte ihn gleichsam ein. Sie trocknete seinen Schweiß und kühlte ihn nach der glühenden Hitze, die ihn unterwegs gepeinigt und ihm im Fahrstuhl die Luft genommen hatte. Schnell gab er sich das Versprechen, in seinem Arbeitszimmer eine Klimaanlage anzubringen, sobald sich seine Lage – so Allah wollte, bald – gebessert hatte, auch wenn er das Zimmer dann mit seinen Söhnen teilen musste, jedenfalls wenn sie lernten. Es wäre auch nicht schlecht, dann während der Hochsommermonate einen Teil des Raumes in eine Sitzecke für seine Frau umzuwandeln. Wie gewöhnlich überfielen ihn die Träume vom Reichtum ohne jede Zurückhaltung und vervollkommneten sein Leben mit dem Wohlstand, der ihm bisher fehlte. Eine neue Wohnung in einem modernen Viertel, natürlich weit entfernt vom Rod El-Farag, prachtvolle Möbel, eine amerikanische Küche, auch eine amerikanische Bar, ein Boiler, ein großer Kühlschrank, ein Auto, eine Zweitwohnung in Alexandria, damit er dort während der Sommermonate und der verschiedenen Feiertage des Jahres wohnen könnte. Aus irgendeinem Grunde fiel ihm dabei auch das hübsche Mädchen ein, das er am Eingang des Gebäudes vor dem Fahrstuhl gesehen hatte. Wie schön wäre es, eine Freundin wie sie zu »besitzen«. Sie war wirklich außerordentlich hübsch. Ihre Schönheit wirkte wundervoll anregend auf Jugendträume von Liebe und himmlischem Rausch. Erinnerte er sich denn immer noch an die Zeit der ersten Jugend mit ihren Träumen und ihren Idealen?

Plötzlich wurde er durch die Stimme des Direktors wachgerüttelt. Der fragte: »Wie geht es Ihnen, Ustas Mohammed?«

Er tauchte aus seinen Träumen auf und entgegnete: »Gut, solange es Ihnen gut geht, Herr Direktor.«

Sie lachten beide ohne ersichtlichen Grund, auch wenn ihn seine laute, schrille Stimme in Wut versetzte. Dann blickte er zu ihm auf, als wollte er sagen: »Ich stehe zu Diensten, mein Herr!«

»Wie gehts?«, fragte der Direktor, beide Ellbogen auf den Schreibtisch gestützt.

»Einigermaßen. Ich habe den Kopf voller Pläne.«

»Alles zu seiner Zeit. Ich wette, dass Sie Ihre Pläne verwirklichen werden. Meine Menschenkenntnis trügt mich nicht.«

Er lächelte und sagte: »Es gibt da einen Kollegen, vielleicht kennen Sie ihn. Wir haben vor drei Jahren zusammen für dreißig Pfund an derselben Zeitung gearbeitet. Glauben Sie, dass er heute dreihundert Pfund verdient?«

»Auch für Sie wird die Gelegenheit kommen«, dann lachend: »Was war ich denn vor fünf Jahren?«

»Aber Sie sind ein Mann der Tat!«

Ein weiteres Mal lachten beide. Dann wurde das Gesicht des Direktors wieder ernst, und er kam zum Thema: »Es gibt da einen Weg, der Ihnen viel Mühe ersparen wird.«

Mohammed blickte ihn unruhig an, als befürchte er, dass die Einsparung von Mühe Sparsamkeit beim Honorar zur Folge haben würde. Dann sagte er schnell: »Mir macht es nichts aus, einige Mühe auf mich zu nehmen. Nennen Sie mir die Punkte, um die es bei diesem Thema geht, und Sie werden einen Artikel bekommen, bei dessen Lektüre niemand zweifeln wird, dass er aus der Feder eines Fachmannes stammt!«

Es sah nicht so aus, als ob der Direktor etwas auf seinen Einwand gäbe. Er holte aus seiner Schreibtischschublade ein zweiseitiges Manuskript heraus.

Mohammed fragte etwas beunruhigt: »Haben Sie den Artikel etwa bereits fertig?«

»Es fehlt nur noch Ihre Unterschrift.«

Der andere nahm ihn matt entgegen und murmelte: »Aber …«

»Lesen Sie nur und fürchten Sie nichts!«, unterbrach er ihn mit fröhlichem Ton. »Wann haben Sie mich je geizig gefunden, Sie Ungläubiger?«

Er gewann etwas von seinem Selbstvertrauen zurück und

spaßte, so als wollte er protestieren: »Aber Sie gewöhnen mich an Untätigkeit.«

Er begann zu lesen: »Lieber Leser! Was wissen Sie von dem neuen Medikament S.A.B.? Vielleicht hören Sie zum ersten Mal davon. Und Sie haben natürlich noch nichts von der wissenschaftlichen Revolution gehört, die es bei den Nationen des Nordens im Besonderen und auf dem europäischen Kontinent im Allgemeinen hervorgebracht hat. In den folgenden Zeilen werden Sie alles darüber erfahren, bekräftigt durch Aussagen einer Anzahl bedeutender Wissenschaftler. Da unsere Zeitschrift vor allem wissenschaftlichen Charakter trägt, so hoffen wir, dass keinen unserer Leser die Fantasie mit sich fortreißt. Wir glauben, dass keine Kraft imstande ist, die Jugend zurückzubringen, wenn sie einmal entschwunden ist, aber ein Medikament, das den Alterungsprozess um zehn oder fünfzehn Jahre aufschiebt, ist nicht zu verachten …«

Er las weiter, während der Direktor ihn aufmerksam und nicht ohne Spott beobachtete, bis er mit dem Artikel fertig war.

Sie tauschten schweigend einen kurzen Blick, dann fragte der Direktor: »Was meinen Sie?«

»Erstaunlich! Er enthält sprachliche oder grammatische Fehler, die natürlich korrigiert werden, aber es ist ein wichtiger und interessanter Artikel.«

»Er muss auf einer der ersten Seiten abgedruckt werden.«

Mohammed Badran sagte mit einem Anflug von Verschlagenheit: »Sie kennen mich seit Langem. Es sind hier Angaben enthalten, die vielleicht einer wissenschaftlichen Korrektur oder wenigstens einer Modifizierung bedürfen. Unsere Zeitschrift hat einen anerkannt wissenschaftlichen Charakter.«

Der Direktor entgegnete kühl: »Ich werde nicht um einen Millim über den vereinbarten Betrag hinausgehen.«

»Das will ich ja gar nicht …«

»Doch, Sie wollen es! Seien Sie nicht habgierig. Die Zeitschrift wird dafür den Betrag für eine erstklassige Annonce erhalten, und Sie werden Ihr Honorar bekommen, wie wir es vereinbart hatten. So besteht keinerlei Grund zum Streit!«

Mohammed verbarg seine leichte Niederlage hinter einem Lachen und sagte mit erkünsteltem Eifer: »Ich fürchte, die übermäßige Einnahme des Medikaments führt zu …«

»Dass Sie so humane Worte finden, ist großartig. Aber ich glaube, ich bin humaner als Sie. Mag dieses Medikament nichts nützen, zugegeben, schaden wird es jedoch auch nicht. Und letzten Endes nützt es doch, denn der Mensch lebt von Illusionen und wird durch sie glücklich.«

Er holte einen kleinen Umschlag aus seiner Tasche und legte ihn auf den Schreibtisch vor Ustas Mohammed. Der kannte dessen Inhalt, wie er das Gesicht seines Kindes kannte. Er nahm ihn an sich und sagte lächelnd: »Tausend Dank, Exzellenz. Ich hoffe, dass wir uns bald wiedersehen.«

»Das hoffe ich auch, Ustas Mohammed.«

Sie standen gleichzeitig auf und gaben einander die Hand. Dann ging er. Sein schnelles Weggehen glich einer Flucht. Aber das war seine Art zu gehen. Er musste sich jetzt unverzüglich zur Redaktion begeben und dachte zunächst nur daran, wie er mit dem Artikel vor Einbruch der Nacht zurande kommen würde. Erst lange danach kamen ihm Gedanken, die mit der Entgegennahme eines solchen Umschlags zusammenhingen. Wenigstens zog er voller Staunen einen Vergleich zwischen der Situation, in der er sich befand, als er gleich nach dem Studium, berauscht von hochfliegenden Hoffnungen, seine Arbeit aufnahm, und seiner jetzigen Lage, in der er nichts anderem mehr Wert beimaß als einem Auto, einer Klimaanlage und der Ausbildung seiner Kinder am amerikanischen College.

Das Mädchen begab sich zum Appartement Nr. 33 in der fünften Etage. Sie war von schlanker Gestalt, hatte ein hübsches Gesicht und mandelförmige Augen, die vor Vitalität blitzten. Als sie ins Büro trat, stand der Sekretär eilfertig auf, schüttelte ihr lebhaft die Hand und bedeutete ihr, sich zu setzen. Er sagte: »Der Direktor hat noch zu tun, etwa fünf Minuten. Wie gehts?«

Sie setzte sich und lächelte in kluger Zurückhaltung. Während der junge Mann den Blick auf sie richtete, betrachtete sie das wundervolle Zimmer, das zum Empfang wichtiger und finanzkräftiger Leute eingerichtet war. Ihr Blick blieb an einem modernen Bild hängen, bei dem sie nicht genau ausmachen konnte, was es eigentlich darstellte. Sie sah nur einen Apfel, anstelle seiner Blüte blickte angstvoll ein menschliches Auge, das lebhafte Linien und Farben und verstreute Einzelteile des menschlichen Körpers umgaben. Das Ganze kam ihr wie die Ecke eines von Menschen überfüllten Zimmers nach einem heftigen, zerstörerischen Erdbeben vor. Sie blickte weg und hob die geschwungenen Augenbrauen in einer Art spöttischen Protests. Da sah sie, wie der junge Mann auf den Stuhl zeigte, auf dem er saß, und lächelnd sagte: »In wenigen Tagen werden Sie hier sitzen.«

»Wann fahren Sie nach Deutschland?«

»Spätestens Ende der Woche, aber wann sehe ich Sie wieder?«

Das Telefon, über das der Direktor anrief, läutete. Der junge Mann hob für einen Augenblick den Hörer, legte ihn gleich wieder auf die Gabel und ging ins Zimmer. Nach kurzer Zeit kam er an der Seite eines alten Herrn zurück, den er zur Tür brachte.

Darauf wandte er sich wieder dem Mädchen zu: »Bitte sehr, Fräulein Seinab.«

Als sie vor ihm her ins Zimmer ging, flüsterte er ihr ins Ohr: »Ich denke, es ist möglich, dass wir uns heute Abend treffen?«

Sie blickte weiter vor sich hin, aber ihr Gesicht verriet ein Lächeln, bis sie hinter der Tür verschwand. Der Direktor kam ihr bis zur Mitte des Zimmers entgegen. Er war aufgedunsen, seine Glatze leuchtete, sein pockennarbiges Gesicht, aus dem die Nase zwischen zwei Aureolen weißer Koteletten hervorragte wie eine ausgestreckte Hand, neigte sich ihr zu. Er ergriff ihre

Hand und drückte sie mit verdächtiger Sympathie. Dann begleitete er sie zu einem weichen Sessel vor dem Schreibtisch. Er setzte sich auf seinen Stuhl, ohne den Blick von ihrem Gesicht abzuwenden.

»Das ist ein erfreulicher Schritt, Susu. Wie geht es Ihrer Mutter und Ihren Schwestern?«

»Danke, sehr gut!«

Obwohl die Dinge nach Wunsch verliefen, war sie unruhig und empfand etwas wie Ekel. Aber sie lächelte in seine trotz des Alters scharf blickenden Augen, die von grauen Augenbrauen gekrönt wurden. Sie unterdrückte ihren Widerwillen, der sie auf dem Weg, nein, eigentlich schon zu Hause überkommen hatte trotz des hartnäckigen Versuchs, sich in fantastische Träumereien zu verlieren und dieses widerwärtige Gefühl abzutöten.

»Sie werden ab Ende der Woche das Sekretariat zieren.«

Das Lächeln, zu dem sie sich gezwungen hatte, wurde breiter. Seine Gesichtszüge belebten sich wie unter einem Freudenrausch. Er sagte voller Leidenschaft: »Sie sind wie das Licht des Lebens, das sich von Neuem in mein dunkel gewordenes Herz stiehlt. Das wird sich auch in Ihrem Leben widerspiegeln.«

Das erinnerte sie an das, was die tauben Wände ihres Hauses schamlos wiederholt hatten, und an ihre Mutter, die manchmal den Eindruck einer sprungbereiten Tigerin machte, sich aber in eine ruhige Katze zu verwandeln schien, wenn man zu weinen begann. Sie murmelte bedrückt: »Hoffentlich entspreche ich Ihrer guten Meinung von mir.«

Er grinste so, dass sie ein Schauder überlief und sie die Worte bereute, die ihr eben unbedacht entschlüpft waren. Da fragte er: »Und Ihr Verlobter?«

Sie erwiderte mit verborgenem Unwillen: »Die Sache ist zu Ende. Die Verlobung ist gelöst.«

»Was haben Sie gesagt?«

»Es gab dafür verschiedene Gründe.«

Er verbarg nicht seine Freude: »Sie werden nichts bereuen,

was vergangen ist. Ihre Mutter ist klug, und Sie sind es auch. Die Mühen des Lebens finden nicht ihr Ende, wie Dummköpfe in den Zeitungen meinen. Mit ihnen wird nur ein lebendiger Wille eines intelligenten Menschen, wie Sie es sind, fertig.«

Ihr Schamgefühl war grässlich, wenigstens manchmal. Aber sie bereute nicht, dass es zu einem Bruch gekommen war. Sie hielt diese Verlobung nicht für etwas, was zu einem lebenswerten Leben geführt hätte. Ihrer Familie wären nur neue Unannehmlichkeiten erwachsen. Sie hatte ihren Verlobten nicht geliebt. Jetzt würde sie nichts mehr von dem trennen, den sie liebte, selbst wenn er die Wahrheit über das erführe, worauf sie zusteuerte, denn glücklicherweise erhält jeder das, was zu ihm passt.

Sie fragte ihn verächtlich: »Was sagen denn die Dummköpfe in den Zeitungen?«

»Sie erzählen Märchen wie aus *Tausendundeine Nacht* über eine Reformierung der Gesellschaft und des Lebens. Was nützt das Ihnen?«

Sie hob spöttisch die Schultern.

Er fuhr fort: »Wäre da nicht die Religion, so würde ich Sie sofort heiraten.«

Sie senkte den Blick. Er spürte, dass er sich rechtfertigen müsse, und erklärte: »Wenn ich eine andere Religion annähme, so wäre das Grund genug, dass man mir meine Stellung nähme und mit ihr alles, womit ich Sie glücklich machen könnte.«

»Das ist verständlich und klar«, entgegnete sie, insgeheim erleichtert.

Er ereiferte sich: »Wenn ich Ihnen eine ganze Villa bereitstellte, so würde ich Sie verletzen. Aber Sie werden meine Sekretärin sein, das ist normal und natürlich. Und Sie werden alles bekommen, was die Welt an Genüssen bietet. Glauben Sie mir, Geld ist das Geheimrezept zum Glück im Leben, und ich bin entschlossen, Sie zum glücklichsten Geschöpf in dieser Welt zu machen.«

»Oh, ich danke Ihnen …«

Er nickte erleichtert. »Ich schicke Sie jetzt zu Hamdi Ragab, dem Verwaltungsdirektor, er wird Sie prüfen. Das ist nur eine Formalität, damit alles seinen geregelten Lauf nimmt.«

»Herzlichen Dank.«

»Und sagen Sie Ihrer Mutter, sie soll sich darauf vorbereiten, nach Heliopolis zu ziehen.«

»Aber das hat doch Zeit.«

Wieder bereute sie die Worte, die ihr entschlüpft waren. Sie neigte wirklich zu vorschnellen Reaktionen, auch wenn sie weiterhin ruhig lächelte. Fast ärgerte sie sich über ihren wahnsinnigen Ehrgeiz. Sie stand auf und sagte: »Ich werde zum Verwaltungsdirektor gehen.«

Er erhob sich ebenfalls und kam um seinen Schreibtisch herum. Sie ging auf die Tür zu. Er folgte ihr und starrte auf die Umrisse ihres wohlgeformten Rückens. Dann standen sie sich an der Tür gegenüber. Er ergriff ihre Hand und neigte sich, als wollte er sie küssen. Aber auf halbem Wege wandte er das Gesicht ihrer Wange zu und küsste sie. Er blieb mit seinem Gesicht nahe bei dem ihren. Sein Atem streifte die seidenen Fransen, mit denen das Oberteil ihres Kleides besetzt war.

Er gierte vor fiebrigem Verlangen. »Geben Sie mir keinen Kuss?«

Sie deutete auf ihre rot geschminkten Lippen und fragte: »Und das da?«

»Und wennschon!«

Sie küsste ihn auf den Mundwinkel, dann wandte sie sich zur Tür.

Der Dritte begab sich zum Appartement Nummer 50 im achten Stock. Noch immer belebte das Bild des hübschen Mädchens seine Fantasie auf das Angenehmste. Es wollte aus seinen Gedanken und Gefühlen nicht weichen. Er stellte sich lebhaft vor, wie vielfältig dieses Beispiel lebendiger Schönheit das Leben bereichern könnte. Aber die Gedanken an sie verschwanden beim

Anblick der streng wirkenden intelligenten Sekretärin, die ihm entgegenlächelte, als er eintrat, schnell in einem unbekannten Winkel seines Hirns. Er begrüßte sie freundlich und wies fragend mit dem Kopf zur Tür des Direktors.

Sie sagte sofort: »Er erwartet Sie, Ustas.«

Er trat ein, da erhob sich der Direktor lächelnd und empfing ihn mit den Worten: »Herzlich willkommen, Ustas Wadi. Sie kommen wie gerufen.«

Sie gaben einander die Hand, dann setzte sich Wadi. Der Direktor wandte sich zu einem in der Nähe stehenden Schrank und fasste kurz mit der Hand hinein. Dann überreichte er dem Professor ein silbrig glänzendes Päckchen, bei dessen Anblick dieser sofort begriff, dass es sich um »Stoff« handelte.

Der Direktor erklärte: »Ein Geschenk für Sie. Ich habe nur durch Zufall erfahren, dass Sie Genussmittel und Narkotika schätzen.«

Wadi lächelte verwirrt und steckte es in die Tasche. Der Direktor setzte sich und begann: »Ich habe die Geschichte gelesen. Sie ist hübsch, wirklich. Ich werde noch ein paar Bemerkungen dazu machen, wenn die Beratung beginnt.« Er blickte dabei auf die Uhr. »Wenn die anderen auch noch etwas vorzubringen haben, so hoffe ich, dass Sie mit Ihren Änderungen vor Monatsende fertig werden. Dann hat der Szenarist genügend Zeit, um zu schreiben, und wir kommen noch zum vereinbarten Termin ins Studio.«

Die Geschichte ist zwar eine andere, aber die Geschichte der Geschichte, die Geschichte aller Geschichten ist ein und dieselbe. Das ist das Problem, das bei jeder Diskussion über welche seiner Geschichten auch immer auftaucht. Ihre Geschichte ist gut, Ustas, aber … Sie ist gut, aber Sie müssen sie neu schreiben. Er fragte sich, und seufzte unhörbar dabei, wo ein Winkel in der Welt sei, in der die Dinge ihren natürlichen Lauf nähmen, wo die Vögel ungehindert zwitschern könnten, ohne Furcht, ohne Unwissenheit und ohne Druck. Er zweifelte nicht daran, dass er dort das hübsche Mädchen finden würde, das durch seine Fantasie geisterte.

Er machte eine sinnlose Bewegung und verteidigte sich: »Ustas Magdi, Sie haben mich gefragt, ob ich eine Geschichte hätte. Ich habe sie vorgelegt. Dann haben Sie mir mitgeteilt, dass sie angenommen sei. So verhält es sich doch?«

»Natürlich. Aber die Geschichte ist nur ein Entwurf. Wir müssen etwas Fertiges in der Hand haben, um einen ordentlichen Film produzieren zu können. Meine Gesellschaft hat einen Ruf für ihre saubere Produktion. Wissen Sie nicht, dass man mich aus diesem Grunde ›den verrückten Produzenten‹ nennt?«

Er folgte seiner Stimme mit unterdrücktem Groll und sah verwundert in das Gesicht des anderen, der im Vollgefühl seiner Gesundheit und seiner überlegenen Position hinter seinem Schreibtisch hervor auf ihn herabblickte. Seine ganze Miene wirkte herausfordernd: seine hervorquellenden Augen, seine spitze Nase, seine breiten starren Kinnbacken. Sein Bemühen, elegant zu wirken, war außerordentlich. Ein Duft von Moschus ging von ihm aus. Aber alle, die mit ihm zu tun hatten, wussten, dass er sich damit einrieb, weil er in einer sexualkundlichen Abhandlung von seiner anregenden Wirkung gelesen hatte. Dieser große Direktor, der die Blütezeit seines Lebens als Vertreter einer Versicherungsgesellschaft verbracht hatte, er rühmte sich immer noch seiner Fähigkeit, fließend Französisch zu sprechen, und brachte bei passender oder auch unpassender Gelegenheit französische Wörter und Redewendungen an. Ja, er prahlte auch mit seinem Wissen um viele Dinge des praktischen Lebens. Das Einzige allerdings, wovon er überhaupt nichts verstand, war die Kunst im Allgemeinen und die schöne Literatur im Besonderen. Wadi fragte sich nach dem sonderbaren Fluch, durch den er von Beginn seines literarischen Schaffens an dazu verurteilt war, immer die Haltung des für seine Kunst um Erlaubnis Bittenden einnehmen zu müssen vor Leuten, die nichts mit der Literatur verband. Insgeheim seufzte er tief.

Punkt sechs Uhr abends kam der Regisseur, Ustas Mohammed Tantawi, ihm folgte kurz danach der Verleiher, Monsieur Disraili. Dann erhoben sich alle Anwesenden zum Empfang von Awatif Suchdi, dem Star. Verschiedene Erfrischungsgetränke wurden gereicht. Der Raum hallte wider von Gesprächen, Witzeleien und Kommentaren, während Ustas Wadi in seinem Sessel versunken darauf wartete, dass das »Untersuchungsgericht« seine Arbeit begänne. Insgeheim beobachtete er ihre Mienen.

Er fragte sich, wann die Herrschaft dieser Tyrannen ein Ende finden würde. Wann würde Mohammed Tantawi denken können wie ein Mensch? Wann würde Monsieur Disraili etwas anderes im Kopf haben als Zahlen und Geld? Wann würde Awatif Suchdi die alten, ihr im Freudenhaus zur Gewohnheit gewordenen Umgangsformen ablegen, aus dem sie aufgelesen worden war, um der Welt der Kunst zugeführt zu werden? Wann würde Magdi El-Sajid aufhören, mit jedem Film eine neue Liebesaffäre zu starten? Wann endlich würden alle diese Faktoren nicht mehr auf seine Erzählungen einwirken? Er ertappte sich dabei, wie er sich das Bild des hübschen Mädchens ins Gedächtnis zurückrief, das seit Kurzem in ihm lebendig war. Wieder träumte er von dem bunten Leben, das ihre bezaubernde Schönheit hervorrufen könnte.

Da mahnte die Stimme des Direktors: »Wir wollen zum Thema kommen. Ustas Wadi El-Rasik ist hier, um eure Meinungen über sein Manuskript zu hören. Wir müssen heute Abend die Diskussion abschließen, damit er sofort darangehen kann, die Geschichte umzuschreiben.«

Die Blicke richteten sich auf Monsieur Disraili, denn er war schließlich der Geldgeber. Von kleiner und schmächtiger Statur wirkte er ganz verloren in dem riesigen Sessel. Er rückte nach vorn, bis er auf dem Sesselrand saß, und ereiferte sich: »Die Geschichte beginnt heiß, aber sie endet kalt. Das ist sehr gefährlich.«

Die aufmerksamen und respektvollen Blicke aller waren auf ihn gerichtet. Eine wortlose Zustimmung bahnte sich an. Als der Regisseur etwas einwenden wollte, wehrte Disraili ab: »Verzeihung, Mohammed. Ich habe einen Termin und muss sofort gehen. Lass mich bitte ausreden! Ich sagte heiß und kalt. Die Gestalt des Helden ist unsympathisch, weil er reich ist. Die Zuschauer in Bulak und Sajida Seinab mögen keine reichen Helden. In der Geschichte gibt es nichts, worüber gelacht werden kann. Das Publikum will aber lachen. Eine lustige Episode bietet gute Gelegenheit, einen Tanz oder ein Lied einzufügen. Sprecht über diese Punkte. Wenn die Geschichte nicht umgeschrieben werden kann, dann habe ich für euch ein fertiges Drehbuch, mit dem wir sofort beginnen können.«

Wadi fragte ärgerlich: »Ein Drehbuch?«

Er lächelte ihn begütigend an und erwiderte: »Mir untersteht der Verleih ausländischer Filme. Gewöhnlich lasse ich mir alle Drehbücher bringen, um nach ihnen die Filme auszusuchen, die zum Verleih kommen. Ich kaufe die Filme, die ich will, aber ich bewahre die Drehbücher der anderen auf, damit sie mir wie hier aus der Not helfen können. Ihr Recht als Autor geht nicht verloren, da Ihr Name unter der neuen Geschichte erscheint. Sie werden auch nicht des Plagiats bezichtigt, denn der Film, der nach diesem Drehbuch gedreht wird, gelangt nicht in den Nahen Osten. Denkt über das nach, was ich gesagt habe. Ich werde dich heute Nacht um ein Uhr anrufen, Magdi, um das Ergebnis zu erfahren.«

Er stand auf und hob die Hand zum Gruß. Alle erhoben sich, dann ging er.

Alle bekamen einen anderen Gesichtsausdruck, nachdem er fort war, sie blickten freier, ein Beweis dafür, dass eine nicht greifbare Spannung geherrscht hatte, die nun verflogen war. Magdi blickte in die Runde und ermutigte die anderen: »Kümmert euch nicht um das, was er gesagt hat. Ich kenne ihn, er redet viel und lässt sich zum Schluss doch von mir überzeugen. Auf jeden Fall ist diese Geschichte genau das Richtige für Awatif.«

Awatif warf ein: »Von dem Drehbuch, das er erwähnte, hat er mir am Telefon eine kurze Zusammenfassung gegeben. Es sagt mir auf gar keinen Fall zu. Ich bin ungeeignet, eine treulose Ehefrau darzustellen. Das verärgert die Mehrheit meines Publikums.«

Mohammed Tantawi zündete sich eine Zigarre an. »Dann wollen wir über die Geschichte von Ustas Wadi sprechen.«

»Sag deine Meinung dazu!«

»Ich bin derselben Meinung wie Disraili, nämlich, dass ihr der Humor fehlt.«

Wadi entgegnete hitzig: »Es geht doch aber um ein ernstes Thema. Wenn ihr hier oder da einen lustigen *touch* wollt, schön, dann blendet ihn meinetwegen während der Produktion ein, aber ohne den Grundgedanken zu verderben.«

»Das meine ich nicht. Ich will, dass eine lustige Person geschaffen wird, die durch den ganzen Film eine Rolle spielt, etwa ein Anhänger oder ein Freund des Helden.«

Wadi verteidigte sich verzweifelt: »Aber das erscheint aufgeklebt. Wir haben das in unseren Filmen schon bis zum Überdruss gehabt.«

»Im Gegenteil, eine solche Person findet immer Anklang. Und die Rolle ist geeignet für Hammuda«, erwiderte Awatif.

Hammuda war niemand anders als ihr Bruder. Deswegen hielt Wadi weiteren Widerstand für zwecklos und gab nach. »Gut, ich werde Platz für eine solche Rolle finden.«

Nun kam der Regisseur auf den früheren Einwand zurück: »Heizen Sie den Schluss mehr an. Er ist nicht kalt, wie Disraili sagt, aber ihn anzuheizen kann nicht schaden. Schließen Sie mit einer Schlägerei zwischen dem Helden und seinem Widersacher.«

»Aber nein, ein solcher Schluss passt nicht zu einem psychologischen Thema, er passt überhaupt nicht zu unserem Thema. Überlegen Sie bitte. Das wäre ein geeigneter Schluss für einen Cowboyfilm oder etwas Ähnliches.«

»Eine Schlägerei findet immer Anklang. Ich bin spezialisiert auf Schlägereien.«

Magdi machte sich einen Spaß: »Ustas Wadi, tun Sie unserem Regisseur nicht unrecht. Gönnen Sie ihm in einem langen Film wenigstens eine einzige Schlägerei. Wollen Sie, dass er die Zuschauer verprügelt oder den Produzenten?«

Alle lachten, außer Wadi, der seinen Groll hinunterschluckte.

Da sagte Awatif: »Meine Rolle ist so weit ganz akzeptabel, nur in der ersten Hälfte des Films wirkt sie zu passiv.«

Wadi, verzweifelt über die auf ihn einprasselnden Schläge, erwiderte: »Ihre Rolle ist am Anfang die einer gewöhnlichen Frau, wie sie uns zu Tausenden in ihrer häuslichen Umgebung vertraut sind. Ihre eigentliche Rolle beginnt damit, dass Sie den Helden heiraten.«

»Das ist keine Rolle für die Heldin eines Films.«

»Aber die Geschichte ist nun einmal so.«

»Und wennschon!«

Er fragte sich, ob er nicht eine andere Arbeit finden könnte, als zu schreiben, und seufzte lautlos.

Da meinte Magdi: »Das sind alles in allem ein paar Kleinigkeiten, die am Kern der Geschichte nichts ändern. Natürlich sind Sie einverstanden, Ustas Wadi?«

»Tatsache ist, dass ich nicht einverstanden bin.«

Sein Gelächter strotzte vor Gesundheit und Wohlergehen. Er entgegnete: »Das ist jedes Mal Ihre Reaktion. Die Diskussionen dauern stets bis Mitternacht, dann fügen Sie sich.«

Der Regisseur stimmte ihm zu: »Ustas Wadi ist hartnäckig, aber schließlich passt er sich unseren Wünschen an. Die Persönlichkeit eines Filmkünstlers muss ja auch in der Gemeinschaft aufgehen!«

Magdi seufzte, als sei ihm erst jetzt etwas Wichtiges eingefallen. Er holte aus seiner Schreibtischschublade einen Scheck heraus und erklärte: »Die zweite Rate ist seit zwei Wochen fällig. Immer diese Abhaltungen!«

Er streckte ihn ihm entgegen. Wadi nahm ihn, und es war, als spürte er den ersten erfrischenden Windhauch in dieser höllischen Sitzung. Er sah so aus, als wolle er sein Plädoyer fortsetzen, aber Magdi ließ ihn gar nicht erst zu Wort kommen und fasste zusammen: »Wir sind uns über Folgendes einig: Es wird eine lustige Person für Hammuda geschaffen. Der Schluss wird durch eine Schlägerei angeheizt. Es werden noch ein paar pikante Episoden für Awatif eingefügt, bevor sie den Helden heiratet.«

Und indem er laut zu lachen begann: »Aber wir wünschen keine Episoden, bevor sie den Produzenten heiratet.«

Alle fielen in sein Lachen ein. Der Regisseur und Wadi verabschiedeten sich und brachen zusammen auf. Tantawi lud ihn ein, in sein großes Auto einzusteigen und bis zur Haltestelle des Trolleybusses mitzufahren. Der Wagen glitt mit ihnen dahin wie eine Windsbraut.

Der Regisseur sagte: »Für die Sphinx-Gesellschaft verlangt man von mir eine Geschichte, die ich unmittelbar nach diesem Film herausbringen will. Haben Sie nicht eine Idee?«

Neue Qualen, wenn er sich diesen zusätzlichen Verdienst nicht entgehen lassen wollte. Die Bitte erfreute und bekümmerte ihn zugleich. Er dachte kurz nach, dann fragte er: »Was meinen Sie zu einer Geschichte über das Thema Geld?«

»Eine Kriminalgeschichte?«

»Nein, ich möchte über das Geld als fürchterliches Gespenst schreiben, das alle Werte wie Charakter, Schönheit und Geist gnadenlos verschlingt.«

Mohammed Tantawi schnipste vor Freude mit zwei Fingern und sagte eifrig: »Beginnen Sie zu schreiben. Wir treffen uns am Freitag, um den Vertrag aufzusetzen. Eine großartige Idee, gesellschaftskritisch und sehr geeignet zur Teilnahme am Preisausschreiben des Ministeriums für Kultur!«

Ein Haus mit schlechtem Ruf

Er war in seine Arbeit vertieft, als eine Dame um eine Unterredung bat.

Sie setzte sich und grüßte: »Guten Morgen, Herr Achmed!«

Es war deutlich, dass sie schon älter war. Ihre Wangen waren eingesunken und schlaff, ihr Mund trat hervor, und ihre Augen blickten müde. Trauerkleidung gab ihr ein düsteres und schwermütiges Aussehen. Aus der Art, wie sie das Gespräch begann, merkte er schnell, dass sie ihn in der Hoffnung aufgesucht hatte, er könne ihr die Wege ebnen, um eine Pension zu erlangen. Er wollte sie schon mit einer Empfehlung zu dem Direktor schicken, der für Pensionen zuständig war, als ein Blick in ihre müden Augen ihn aufmerken ließ. Es kam ihm so vor, als ob sie ihn in besonderer Weise ansähe, als schwanke sie zwischen Verlegenheit und Scham. Was mochte dahinterstecken? Ob sie ihn vielleicht kannte? Da blitzte in seiner Erinnerung ein Funke auf, der Licht warf in die Dunkelheit des Vergangenen, und er rief betroffen: »Sie sind …?«

Sie erwiderte, vor Scham und Ergriffenheit den Blick senkend: »Ja. Glücklicherweise habe ich erfahren, dass Sie Generalinspektor für Beamtenfragen sind.«

Ihm fiel ihr Name nicht ein, nur der Kosename, unter dem sie damals bekannt war, kam ihm wieder ins Gedächtnis: Mimi. Sie sah älter aus, als sie war. Sie konnte nicht älter als fünfzig sein. Vielleicht wäre es taktvoll, einen Grund zu erfinden, dass er sie nicht so schnell erkannt hatte, wie sie es zweifellos erwartete. So sagte er: »Ich war sehr beschäftigt, deswegen habe ich Sie mit abwesendem Blick angesehen und nicht gleich erkannt.«

Sie lächelte, sodass er ihre ebenmäßigen Zähne sah, und beschwichtigte: »Ich habe mich auch verändert. Der Blutdruck ... Gott bewahre Sie davor! Außerdem war es ein aufreibendes Leben. Ich habe zwei verheiratete Töchter und eine dritte, die sich als Stipendiatin im Ausland aufhält. Als wir endlich in Ruhe hätten leben können, starb mein Mann.«

Sie tauschten Fragen aus über ihre Familien, sprachen davon, wer geheiratet hatte und wer gestorben war, wer noch in Kairo wohnte oder inzwischen in der Provinz lebte. Währenddessen versuchte er angestrengt, sich das Bild der früheren Mimi ins Gedächtnis zu rufen. Es fiel ihm so schwer, dass er gegen die Härte des grausamen Spiels aufbegehrte. Schließlich schrieb er ihr eine Empfehlung an den Direktor für Pensionen, und die Zusammenkunft war beendet.

Er kehrte zu seinem Stuhl zurück, nachdem er sie zur Tür geleitet hatte, und fühlte sich wie im Traum. Im Nebel des Traums suchte er nach dem Jahr. Welches Jahr war es doch gewesen? 1925. Das Jahr war voller historischer Ereignisse, aber Mimi war wichtiger als sie alle zusammen, Mimi und ihr seltsames Haus und der alte Stadtteil Manschijat El-Bakri, der in der Banadeira-Wüste vor sich hinschlummerte, die Milwani-Straße und die kleinen ein- oder zweistöckigen Häuser, die beiderseits der Straße standen. Oberhalb der Haustüren hingen Lampen, die die Gegend nachts erleuchteten. Jedes Haus schien in sich gekehrt, als hüte es ein Geheimnis. Frauen waren etwas, dessen man sich schämte, und die Liebe galt als Sünde. Die Heirat war eine Maßnahme, die in den Kompetenzbereich der Männer gehörte, und die Braut war die Letzte, die davon erfuhr. Nur das Haus der Familie Halawa verstieß gegen Sitte und Brauch und stand für sich allein da wie eine Herausforderung. Man kannte es als »das Haus mit dem schlechten Ruf«, das wie von einer Hecke aus Furcht umgeben war. Wenn ein Junge oder ein

Mädchen es nur erwähnte, war das bereits ein Vergehen, das Tadel verdiente. Es war so isoliert, als ginge dort eine Seuche um. Selbst heute gedachte er seiner noch mit Misstrauen, und deswegen versuchte er, sich genauer zu erinnern. Wie war das nur gewesen?

Die Dame des Hauses – sie war die Ehefrau eines höheren Beamten – war eine reizvolle Frau. Sie zeigte sich auf der Straße stets sehr gepflegt und war von überragender Schönheit, obwohl sie damals bereits fünfzig war, in dem Alter, in dem Mimi heute stand. Sie war die erste Frau in der Gegend, die unverschleiert ging. Sie trug weder einen weißen noch einen schwarzen Schleier. Manchmal begleiteten sie ihre vier Töchter, ebenfalls unverschleiert. Sie trugen ihre Schönheit zur Schau, und das war etwas, was sich damals für ein Mädchen nicht gehörte, bevor es einem Mann versprochen war. Sie gingen einmal in der Woche – meist in Begleitung des Familienvaters, manchmal aber auch ohne ihn – ins Kino Kosmograf. Zuweilen verbrachten sie auch den Abend in einem Theater und kehrten nicht vor ein Uhr morgens zurück. Was war das für eine Frau, was für ein Mann, und was waren das für Töchter! Außerdem – noch schlimmer als das alles – gab es bei dieser Familie einen Besuchstag, an dem sie andere Familien empfing – vollzählig –, sodass Männer und Frauen ungehindert zusammenkamen. Die jungen Burschen der Gegend gingen grüppchenweise unter dem Empfangssalon entlang, der hell erleuchtet war, und hörten auf das aufsteigende Gelächter, auf Musikinstrumente und Gesang. Jedes Mal, wenn sich am Fenster ein Tarbusch zeigte, zwinkerten sie sich gegenseitig zu und witzelten miteinander. Sie versuchten, alles zu deuten, und gelangten dabei zu den seltsamsten Vorstellungen. Deshalb war es nicht verwunderlich, dass das Haus Halawa ohne Zögern mit dem Begriff »Ausschweifung« verbunden wurde. Die Familie wusste um die Ansichten und Empfindungen der Nachbarn, aber sie kümmerte sich nicht im Geringsten darum. Die Dame des Hauses sah stolz über alles hinweg und ging hoch erhobenen Hauptes ihres Wegs, als habe sie mit der ganzen Gegend gar nichts zu tun.

Mimi war häufig auf der Straße oder im Süßwarenladen zu sehen. Man sah sie allein, sie war die jüngste der Töchter, fünfzehn Jahre alt. Sie war hübsch wie ihre Schwestern und ihre Mutter, auch wenn er sich nicht mehr an Einzelheiten ihrer Schönheit erinnern konnte, höchstens an ihr schwarzes Haar, das in zwei glänzenden Zöpfen zusammengefasst war, an grüne Augen und an ein Grübchen im Kinn. Er hatte sie immer erschrocken-fragend angesehen, voller Neugier, anfangs nicht ohne Verachtung und Spott, dann aber mit Bewunderung und Faszination, wehmütig sich eingestehend: Wie schade! Er verliebte sich leidenschaftlich, war er doch nur ein oder zwei Jahre älter als sie. Aber er behielt sein Geheimnis für sich, um nicht ins Gerede zu kommen. Es gab einige, die ihr begehrlich den Hof machten, weil sie sie als leicht zu erringende Beute betrachteten, aber er verstand sich noch nicht darauf, andere auszunutzen. Eines Abends schaute sie ihn ganz unverhofft an. Sie standen vor dem Süßwarenladen, da warf sie ihm einen langen Blick zu, der ihn berauschte, sodass er sich plötzlich herausgelöst fühlte aus Raum und Zeit und sein Herz von einer tiefen Freude erfüllt wurde. Er war durchströmt von einem leuchtenden Glück, das alles Gerede, das er gehört hatte, in ihm auslöschte. Von nun an beteiligte er sich nicht mehr an den Gesprächen über das Haus mit dem schlechten Ruf. Er glaubte, dass das echte Gefühl seines Herzens alles das, was da gesagt wurde, überwog. In den Nächten des Ramadan umwarb er sie von Weitem. Seine Verliebtheit wuchs, wenn er sie auf der Straße erblickte, so wie sie ihm nachschaute, wenn sie ihn vom Fenster aus sah. Sie verabredeten, sich an der Banadeira-Wüste zu treffen. Er war bei diesem Stelldichein wirklich aufgeregt, aber sie erwiderte seinen Gruß, ohne zu stottern, und mit einer Unbefangenheit, die ihm seinen verloren geglaubten Mut wiedergab.

Sie sagte: »Du siehst im Anzug viel eleganter aus als im Gilbab, und ich mag Eleganz.«

Jedes Wort, das sie von sich gab, war für ihn eine neue Entdeckung und sprach von verblüffender Kühnheit. Sie waren sehr klein im Vergleich zur Wüste, die sich hinter ihnen erstreckte. Trotzdem sagte er vorsichtig: »Es könnte uns jemand sehen.«

Sie fragte: »Wer zum Beispiel?«

»Von der Familie oder den Nachbarn.«

Sie zuckte verächtlich mit den Schultern, während die frische Sommerluft mit ihren Zöpfen spielte. Dann wandte sie sich ihm zu: »Was meinst du zum Tiergarten?«

Er unterließ es aus Höflichkeit, sie zu küssen, obwohl die Gelegenheit sich mehrfach bot. Sie gab ihm ihre Telefonnummer, damit sie einen passenden Zeitpunkt verabreden konnten – vielleicht stand sie immer noch in seinem alten Notizbuch.

Sie wollte wissen: »Gehen wir zusammen in den Tiergarten?«

Er bat: »Treffen wir uns lieber dort und verabschieden wir uns dort auch wieder voneinander!«

Sie trafen sich vor dem Eingang des Tiergartens. Es war ein glücklicher Tag. Sie gingen Hand in Hand von einem Weg zum anderen. Ihre Berührung erfüllte ihn mit einem Strom von Wärme, Freude und Zufriedenheit.

Er fragte sie, um sich über sie Gewissheit zu verschaffen: »Was hast du deiner Mutter erzählt?«

Sie entgegnete einfach: »Ich habe gesagt, dass ich in den Tiergarten gehe.«

Achmed fragte erstaunt: »Allein?«

Sie schüttelte verneinend den Kopf und sagte mit derselben Einfachheit: »Mit dir.«

Er lachte ungläubig, aber als er merkte, dass sie tatsächlich ernst blieb, fragte er sie: »Und, war sie einverstanden?«

»Ja, aber nicht gerade begeistert.«

Er wusste nicht, ob er das alles glauben sollte, sie aber fuhr fort: »Sie hat mir geraten: ›Meide diesen Jungen! Er ist wie die anderen, und seine Familie ist wie die übrigen Nachbarn.‹«

Ihm war, als hätte man ihn angegriffen. Er blieb verwirrt vor einem Strauß stehen, der über das metallene Gitter hinweg in den Himmel starrte, und sagte dann beunruhigt: »So weiß sie also, dass wir hier zusammen sind?!«

»Und sie hat mit mir gewettet, dass du eine Enttäuschung für mich sein wirst.«

»Wieso?«

»Was weiß ich?«

Sie wusste es aber recht gut, doch sie tat so, als ob sie sich für die Affen interessiere. Dann blieb sie auf einer Brücke stehen und schaute auf das Wasser, das von herabgefallenen Blättern bedeckt war. Sie schlug vor, bis zur Grotte zu laufen, aber er presste ihre Hand und bat: »Sag es mir doch!«

Sie sah ihm mutig in die Augen und entgegnete: »Du glaubst es nicht? Doch, sie weiß, dass wir hier zusammen sind, aber du, du billigst sogar, dass dein ältester Bruder gleichzeitig mit drei Frauen verheiratet ist!«

Er wurde rot und verteidigte sich: »Er ist frei!«

»Bitte, werde nicht ärgerlich, dein Ärger bestätigt ihre Ansicht. Weißt du jetzt Bescheid über das, wonach du gefragt hast?«

Er wurde traurig. Die Wirklichkeit überstieg seine Vorstellungskraft. Sie stammten aus zwei verschiedenen Welten. Trotzdem liebte er sie nun noch mehr als zuvor.

Dann fragte er mit gedämpfter Stimme: »Sag, wieso bist du eigentlich gekommen?«

»Warum denn nicht, ist das etwas Schlechtes?«

Er gab keine Antwort. Da fragte sie mit leichtem Spott: »Warum bist du denn gekommen?«

Er antwortete wieder nicht, so fragte sie: »Müssen wir schon gehen?«

Er versuchte eifrig, sie versöhnlich zu stimmen, und entschuldigte sich: »Sei nicht böse, ich mache vieles falsch, aber der Grund ist, dass ich zum ersten Mal mit einem Mädchen zusammen bin.«

Sie sah ihn ängstlich und fragte: »Und was denkst du über mich?«

Er entgegnete schnell, um Schwierigkeiten aus dem Wege zu gehen: »Alles ist in Ordnung! Ich … ich liebe dich, Mimi …«

Sie lächelte. Sie ging mit ihm zu einer Bank, vor der sich ein grasbedeckter Hügel erhob, über den Leute in kleinen Gruppen spazierten. Sie setzten sich schweigend nebeneinander, bis sie schließlich das Schweigen brach und ihn aufforderte: »Erzähl mir von deiner Zukunft!«

Er erzählte von einer glänzenden Zukunft nach dem Besuch der juristischen Fakultät, auch wenn es wahrscheinlicher war, dass er sein Leben als Inspektor für Beamtenfragen beschloss und nicht als Richter am obersten Gericht, wie er es sich erträumte.

Sie sagte: »Das ist wirklich schön! Aber was wird aus mir?«

Er fühlte sich wie in einem Käfig, vergleichbar den Tieren, die ihn von allen Seiten umgaben, und stieß vor Schreck ganz kurz hervor: »Die Ehe …!«

Sie lächelte und wandte dabei das Gesicht ab. Sie blickte zum Gipfel des grünen Hügels. Er hörte die Geräusche um sich herum nicht mehr, weder die Stimmen der Menschen noch die Rufe der Tiere. Dann warf sie ein und blickte dabei immer noch in die Ferne: »Aber vor uns liegen noch lange Jahre … Wie denkst du dir das?«

Er rang tief nach Luft. »Es bleibt uns nichts übrig, als zu warten, bis ich mit dem Studium fertig bin.«

»Ich würde mich freuen zu warten, aber ich brauche etwas, was mein Warten vor den anderen rechtfertigt. Was soll das sein? Welche Art der Bindung?«

Er stellte sich vor, wie er von seinen Eltern eine Bindung an ein Mädchen aus dem Haus mit dem schlechten Ruf verlangte, und fühlte sich unglücklich und verschreckt. Seine Zunge war wie gelähmt. Er blieb stumm.

»Was hast du gesagt?«

»Es ist jetzt wirklich schwierig für mich, das zu verlangen.«

»Willst du diesen Schritt nicht meinetwegen wagen?«

Er seufzte hörbar und hatte das Gefühl, eine lange Epoche der Geschichte ohne Zwischenhalt durchlaufen zu haben.

Sie setzte ihm zu: »Du willst nicht. Du hast nicht genügend Mut. Ist denn unser Haus wirklich so furchterregend?«

»Nein, die Angelegenheit und alles, was damit zusammenhängt …«

»Lüg doch nicht, ich weiß alles. Meine Mutter hat sich nicht geirrt. Unsere ganze Straße ist mehr als albern.«

Er stöhnte auf. »Du denkst zu schlecht von mir. Ich brauche … Ich möchte, dass du mich verstehst. Gib mir …«

»Du musst nicht so verlegen sein. Wir wollen alles vergessen, was wir geredet haben. Alles ist von Anfang bis Ende töricht.«

»Aber ich liebe dich! Lass das doch ein Geheimnis zwischen uns bleiben, bis …«

»Wir mögen Heimlichtuerei nicht!«

»Bis ich auf eigenen Füßen stehe!«

»Du wirst nie auf eigenen Füßen stehen!«

Dann rief sie und zerriss vor Erregung fast ihr kleines Taschentuch: »Gott behüte, ich habe keine Achtung mehr vor jemandem in unserer Straße, vor niemandem. Ohne Ausnahme, ohne Ausnahme!«

So gingen sie für immer auseinander.

Er überließ sich dem Strom der Erinnerungen und blickte dabei auf den Stuhl, von dem aus sie ihn mit einem Gesicht angesehen hatte, das von seiner früheren Schönheit nur wenig bewahrt hatte, eine Witwe, aufgerieben von Mühsal und Trauer, aber stolz auf wirkliche Siege. Bilder der Erinnerung – lieblich wie Veilchen – tauchten aus seinem Gedächtnis auf. Er erinnerte sich daran, wie die Töchter des Hauses mit dem schlechten Ruf geheiratet hatten, eine nach der anderen, obwohl er immer und immer wieder gehört hatte, dass sie Mädchen wären, die nicht zur Ehe taugten, und dass keine von ihnen überhaupt heiraten wollte. Immer wenn ihm zu Ohren kam, dass sie erfolgreich geheiratet hatten, war er verstört, und er geriet aus dem Gleichgewicht.

Nach Dienstschluss im Büro ging er nach Hause, aß zu Abend und legte sich schlafen, um sich für einen Besuch der Oper auszuruhen, zu dem er, seine Frau und seine drei Töchter eingeladen waren. Eingeladen hatte sie ein Kollege seiner ältesten Tochter, die Angestellte eines Übersetzungsbüros im Ministerium war. Er hatte die Einladung angenommen, obwohl zwischen diesem Kollegen und seiner Tochter bisher noch keine offizielle Bindung bestand. Als es Abend wurde, saß er allein in seinem Arbeitszimmer, während seine Frau und seine Töchter sich eifrig für die bevorstehende Ballettaufführung bereitmachten. Es würde nicht mehr lange dauern, dann würden sie schön und elegant vor ihm stehen, später dann würden sie unter dem Lichterglanz vor ihm hergehen, von bewundernden Blicken begleitet.

Wie ganz natürlich holte er sein altes Notizbuch aus der Schublade mit den Wertpapieren, der Grundbesitzurkunde und der Versicherungspolice hervor. Seit seiner Jugend, seit einer Zeit, in der er davon geträumt hatte, mit Strophengedichten berühmt zu werden, schrieb er regelmäßig Tag für Tag Begebenheiten aus seinem Gefühlsleben und seinem Leben in der Gesellschaft auf. Er blätterte zurück bis zum Jahre 1925 und der Zeit kurz davor oder danach. Sogar die Telefonnummer fand er. Aus Gründen, die ihm selbst dunkel blieben, griff seine Hand zum Telefon, und er wählte die alte Nummer.

Eine Stimme sagte: »Hallo?«

Er fragte, wobei er wie im Scherz lächelte: »Haus Halawa?«

Die raue Stimme entgegnete: »Nein, mein Herr, hier ist das Sackleinwand-Geschäft El-Tambali.«

Angst

In den frühen Jahren dieses Jahrhunderts gehörten die Menschen von Farghana zu den elendsten, die es gab. Ihre Gasse grenzte an der einen Seite ans Daabas-Viertel und an der anderen Seite ans Halwagi-Viertel, die sich beide als unerbittliche Feinde gegenüberstanden und deshalb nie aufhörten, sich zu bekämpfen. Die Bewohner beider Viertel waren für ihre Bösartigkeit, Grobheit und Streitlust bekannt. Ihr größtes Vergnügen bestand darin, sich über Gesetze und Menschen lustig zu machen.

Zu der Zeit, als im Halwagi-Viertel Guran und im Daabas-Viertel al-Awar die Anführer der Wächterbanden waren, hatten sich die feindseligen Auseinandersetzungen noch verstärkt. Es floss viel Blut, und immer heftigere Kämpfe brachen in den Straßen und zu Füßen des Berges aus.

Die Menschen der Farghana-Gasse fragten sich entsetzt, worin ihre Schuld bestand, denn weder gehörten sie zum Daabas-Viertel noch zum Halwagi-Viertel. Panik erfasste sie, sobald dort ein neuer Kampf entbrannte, und sie sahen sich gezwungen, allen Besitz – und auch sich selbst – hinter fest verschlossenen Türen zu verbergen. Es war nicht selten, dass sich die beiden feindlichen Banden sogar auf farghanischem Boden in die Haare gerieten. Hatte aber der Rabe der Zerstörung erst einmal zu krächzen begonnen, dann kippten Karren um, zerbrachen Körbe, stiegen Schreie auf, wurden Unschuldige ohne Grund getötet, sodass das Unheil schließlich nicht mehr zu ertragen war. Es kam durchaus vor, dass die Verluste der Farghanis größer waren als die der sich befehdenden Banden, was selbst dem glücklichsten Farghani das Leben in seiner Gasse verhasst machte. Eines Tags baten die Farghanis die Männer der Religion um Hilfe. Die gaben sich allergrößte Mühe, und schließlich erklärten sich die Feinde bereit, die Farghana-Gasse von den Unbilden ihrer Kämpfe zu verschonen. Es war ein großer Tag, an dem die Farghanis endlich Ruhe zugesichert bekamen. Aber konnte man das Ruhe nennen? Die Farghanis hatten sich, ob sie nun wollten oder nicht, gut zu benehmen, sie mussten höflich sein und strikt neutral bleiben, auch wenn darunter der Besitz litt und das ehrenvolle Ansehen herabgewürdigt wurde. Wann immer die Bedrängnis zu groß wurde und sie beinahe bereit waren zu rebellieren, dann erinnerten sie sich der früheren Tragödien und ertrugen geduldig allen Schmerz. Trotz allem erlebten sie ja eine Zeit des Friedens, und war der auch nicht allumfassend, so hatten sie Ähnliches nie zuvor erlebt.

So ging es zu, bis Naima im Viertel auftauchte, die Tochter des Leberverkäufers Amm Laithi.

Es kam die Zeit, da die Augen des Alten so schwach wurden, dass er nicht mehr zwischen einer Ein- und einer Zwei-Millim-Münze unterscheiden konnte. So begleitete ihn also Naima, um ihm beim Verkauf zu helfen. Da sie bereits ein Alter erreicht hatte, in dem an Heirat zu denken war, trug sie immer einen Gilbab, der vom Hals bis zu den Knöcheln reichte. Trotzdem blieb erkennbar, dass sie gut gewachsen war, und wenn der Gilbab versehentlich am Körper haften blieb, hoben sich deutlich die knospenden Teile ab. Dazu kam noch ein wunderbar rundes Gesicht, das die Farbe einer reifen Palmenfrucht hatte. Die mandelförmigen, honigfarbenen Augen kündeten strahlend von frischer Lebendigkeit, die in jugendlicher Einfalt durchaus für bewundernde Blicke empfänglich war. Die jungen Burschen beobachteten sie voller Interesse und fühlten sich vom Handkarren voller Leber ebenso angezogen wie die Fliegen vom

Zucker. Es dauerte nicht lange, da konnte der alte Amm Laithi die Fatiha zitieren, sollte doch al-Hamli, der junge Kartoffelverkäufer, Naima zur Braut bekommen. Schon warteten alle auf die Hochzeit, da kam jener Abend im Kaffeehaus »Maulbeer« – ja, so hieß es tatsächlich, befand es sich doch unter den Ästen eines Maulbeerbaums. Als Amm Laithi sich zu den Gästen gesellte, zeichnete sich auf dem welken Gesicht deutlich Kummer ab. »Was hast du, Laithi? Möge uns Gott vor Unheil schützen«, sprach ihn der Besitzer an.

Amm Laithi seufzte. »Wen das Unglück verfolgt, der findet selbst in der Leber noch Knochen.«

Die anderen Gäste hoben die Köpfe, schauten auf von ihren Wasserpfeifen und Gläsern mit zimtenem Tee. Nur ein knappes Wort entfuhr dem Alten: »Naima!«

»Was ist mit ihr? Hat al-Hamli etwas Schlechtes getan?«

Der alte Laithi, der einen Turban mit einem gepunkteten Band trug, schüttelte den Kopf. »Aber nein, mit al-Hamli hat mein Kummer nichts zu tun. Heute suchte mich al-Awar auf, der Anführer der Daabas-Wächter. Er grüßte mit befremdlicher Freundlichkeit, bevor er erklärte, dass er Naima zur Frau haben möchte.«

Aufmerksam, aber auch beunruhigt, sahen ihn die anderen an, bis endlich der Eselkarrentreiber fragte: »Und was hast du gesagt?«

»Ich war völlig verwirrt, und nur mit äußerster Mühe konnte ich erwidern, dass für Naima und al-Hamli bereits die Fatiha gesprochen wurde. Da brüllte er los: ›Da steht al-Awar höchstpersönlich vor dir, und du sprichst von al-Hamli?‹ Mich packte entsetzliche Angst.«

»Und dann?«

Angewidert verzog Amm Laithi das Gesicht. »Ich streckte, ohne mir dessen wirklich bewusst zu sein, die Hand aus und sprach mit ihm die Fatiha.«

»Aber was wird nun aus deinem Versprechen für al-Hamli?«

»Ich bin zu ihm gegangen und habe ihm meinen Rückzug gestanden. Der gute Junge wurde sehr traurig und verließ mich, ohne ein Wort zu sagen.«

Schweigend sah man sich an, und durch die Stille drang nur das Gluckern der Pfeifen. Endlich fand sich der Besitzer bereit, dem alten Laithi in seinem Schmerz beizustehen. Großmütig erklärte er: »Du bist nicht zu tadeln. Jeder von uns hätte an deiner Stelle auch so gehandelt. Bete zu Gott, und nimm es nicht so schwer.«

Aber der Alte schlug sich mit der Faust aufs Knie und rief: »Das ist noch nicht das ganze Unglück!«

»Kann es noch Schlimmeres geben?«, fragte der Besitzer verstört.

»Zwei Stunden später stand Guran, der Anführer der Halwagi-Bande, vor mir.«

»Großer Gott! Herr im Himmel! Was wollte er?«

»Naima.«

Der Besitzer schlug die Hände zusammen und blickte zur Decke auf, als schickte er ein Stoßgebet zum Himmel.

»Er pflanzte sich vor mir auf wie das schwärzeste Verhängnis. Ich wusste weder, was ich sagen, noch was ich tun konnte. Dann sah ich mich gezwungen, ihm einzugestehen, dass ich bereits al-Awar meine Zusage gegeben habe.«

»O Erde, behüte und beschütze uns!«

»Er schrie: ›Du Schwachkopf! Du blinder Krüppel! Ich spreche von mir, Guran, und da schwatzt du von al-Awar?‹ Wieder packte mich entsetzliche Angst, und wieder streckte ich die Hand aus und sprach die Fatiha.«

»Die du doch für al-Awar gesprochen hattest!?«

Der Alte war niedergeschmettert. »Das ist doch das Unglück, so helft mir doch!«

Im Handumdrehen war den Männern klar, dass das Unglück alle Farghanis betreffen würde und die Gasse erneut vor der Zerstörung stand. Gemeinsam suchte man nach einer Lösung, und laut überlegte der blinde Koranrezitator: »Zwei Männer kann sie nicht heiraten, das ist unmöglich. Aber sie kann auch nicht den einen heiraten und den anderen nicht – das wäre der Tod.« Er nahm den Turban ab, kratzte sich lange den Kopf, doch ein hilfreicher Vorschlag fiel ihm nicht ein.

Da ergriff der Lupinenverkäufer das Wort. »Verheirate sie heimlich mit al-Hamli.«

Etliche Männer waren auf Anhieb der Meinung, dass »nicht einmal ein Held wie Abu Zaid al-Hilali das Mädchen jetzt noch heiraten könnte«.

Da sie sich vergeblich die Köpfe zerbrachen, erklärte der Koranrezitator: »Betet mit mir: Gütiger Gott, du unser aller Wohltäter, rette uns vor dem, das wir fürchten.«

Am nächsten Morgen bemerkten die Farghanis, dass es in einem nicht mehr bewirtschafteten Gasthaus seltsam geschäftig zuging. Eine Gruppe Maurer traf ein, und Tischler und Arbeiter sägten und hämmerten eifrig. Es schien, dass neues Leben einziehen sollte. Über dem Eingang wurde ein großes Schild angebracht, auf dem zu lesen stand: »Polizeistation Farghana«. Tatsächlich, in dem Haus richteten sich Polizisten und ein Offizier ein. Die Leute strömten vor der Station zusammen, und ein alter Polizist wandte sich an sie mit den Worten: »Der Offizier ist verärgert. Alle Zwietracht hat aufzuhören.«

Einige Farghanis meinten, Gott hätte wohl doch ihre Gebete erhört, doch wirkliche Gewissheit wollte nicht in die Herzen einziehen. Alles, was sie umgab, bekräftigte sie in der Überzeugung, dass die Gewalt stärker war als die Regierung. Ihr Leben lang hatten die Menschen noch keinen Polizisten gesehen, der es wagte, den Wächterbanden die Stirn zu bieten, und zu jeder Tages- und Nachtzeit mussten sie mitansehen, wie sich diese Banden dem Gesetz entgegenstellten. Noch hatte niemand vergessen, dass der Polizeidirektor von az-Zahir einst sogar Guran, den Anführer der Halwagis, um Hilfe bat, als er von einem griechischen Drogenhändler, der unter französischem Schutz stand, mit dem Tod bedroht wurde. Wie sollte also diese kleine Polizeistation es schaffen, der Gewalt ein Ende zu setzen?

Der junge Offizier mit den zwei goldenen Sternen und der roten Schärpe trat auf die Straße, setzte sich auf den Korbstuhl am Eingang der Station und schickte einen Polizisten ins Kaffeehaus »Maulbeer«, um ihm eine Wasserpfeife zu bringen. Er war fünfundzwanzig Jahre alt, schlank und hatte scharf geschnittene Gesichtszüge. Es war nichts Auffälliges an ihm, außer vielleicht der große Schädel mit dem krausen Haar. Wie er so vor der Tür saß, glich er einem polierten Granitbrocken. Er betrachtete die Leute, die um ihn geschart standen, und erklärte befremdlich knapp: »Euer ergebener Diener – Othman al-Galali. Habt keine Angst mehr, die Regierung steht euch bei.« Die Farghanis bedachten ihn mit einem dümmlichen Lächeln, aber keiner machte den Mund auf. Also sprach er weiter: »Es ist eine Schande, wenn sich Männer wie Frauen benehmen. Ihr solltet niemandem erlauben, euch zu beherrschen.« Da auch kein einziges Zeichen der Ermutigung für ihn kam, fuhr er in schärferem Tonfall – Hinweis darauf, dass seine Geduld zu Ende ging – fort: »Wer sich jetzt noch vor einem Verbrecher versteckt, den werde ich wie einen Verbrecher behandeln!«

Die Leute starrten ihn verwirrt an, und einer nach dem anderen machte, dass er wegkam, war doch ein jeglicher auf sein Wohlergehen bedacht. Der Offizier, begleitet von einigen Polizisten, machte seinen Rundgang durch die Straßen. Er suchte das Daabas-Viertel auf, auch das Halwagi-Viertel, und wo immer er hinkam, folgten ihm die Blicke der Bewohner. Von Fenstern und Kaffeehäusern, Ecken und Winkeln bohrten sich in ihn besorgte, spöttische oder auch wütende Augen. Er ging bei al-Awar vorbei, doch der nahm ihn nicht zur Kenntnis, dann schlenderte er zu Guran, der ihn ebenfalls übersah und ihm obendrein noch ein höhnisches Gelächter hinterherschickte. Othman blieb gelassen und ruhig.

Alle wussten, er wollte die Macht der Regierung zeigen, und

deshalb entschloss sich Guran, dem jungen Offizier eine entschiedene Antwort zu erteilen. Noch am Nachmittag desselben Tages brach in der Einöde von ad-Darrasa eine blutige Schlacht zwischen den Banden aus Halwagi und Daabas aus. Die Nachricht verbreitete sich mit der Geschwindigkeit eines Feuers in einem Holzlager. Das Herz des alten Laithis, ohnehin schwach, begann zu flattern, doch auch den anderen Farghanis schlotterten die Glieder. Viele von ihnen rieten dem Alten, seine Tochter mit Guran zu verheiraten, weil der auf jeden Fall der Stärkere war. Das wäre für alle das geringere Übel.

Am nächsten Morgen zeigte sich der Offizier unverhofft in einem Gilbab, dem üblichen Kleidungsstück im Viertel. Zuerst trauten die Farghanis ihren Augen nicht, doch dann bestätigte ihnen die allen bekannte Stimme, dass er es wirklich war. Laut verkündete er: »Da es Leute gibt, die sich vor der Uniform fürchten, habe ich sie ausgezogen. Jetzt können die Banden kommen, falls sie Männer sind!«

Ohne auch nur einem Polizisten zu erlauben, ihm zu folgen, verließ er die Station. Dafür begleiteten ihn umso mehr Männer, Frauen und junge Burschen, schien er doch unmittelbar auf dem Weg ins Halwagi-Viertel zu sein. Er schritt mit einer Entschlossenheit aus, die die Leute noch nie zuvor bei jemandem erlebt hatten. Vor dem Kaffeehaus am Maulbeerbaum hielt er an. Guran saß dort mit seinen Kumpanen und Anhängern. Ruhig, aber mit düsterem Gesicht, einer deutlichen Warnung gleichkommend, erklärte er: »Ihr habt gestern die Regierung herausgefordert. Hier bin ich – allein, um meinen Anteil von diesem schmählichen Vergehen abzubekommen. Wer ein Mann ist, soll vortreten!«

Ein junger Bursche namens Inaba, der nur auf Armeslänge von dem Offizier entfernt stand, begann, in unverschämter und verhöhnender Weise einen Bauchtanz aufzuführen. Der Offizier schnellte vor, versetzte ihm einen kräftigen Schlag in den Bauch, sodass der Bursche hinfiel und regungslos liegen blieb.

Angesichts einer solchen Kühnheit war die Menge verblüfft, und etliche Zuschauer zogen es vor, sich aus der Erdbebenzone zurückzuziehen. Alle Blicke richteten sich auf Guran, der noch immer mit gekreuzten Beinen und in die Abaja gehüllt auf seinem Polster saß. Zum ersten Mal sah Guran dem Offizier ins Gesicht. »Du hast einen meiner Freunde ohne Grund geschlagen«, erklärte er.

»Er brauchte Erziehung, und die hat er bekommen. Du bist auch gleich an der Reihe.«

Guran, der ein von Narben entstelltes Gesicht hatte, erwiderte: »Du bist noch jung, also mach dich, um deiner Familie willen, aus dem Staub.«

»Steh auf, wenn du ein Mann bist, und komm her!«, schrie Othman.

Aber Guran, der offenbar seine Verachtung zeigen wollte, rührte sich nicht. So machte der Offizier ein paar Schritte auf ihn zu, doch im Nu scharten sich dicht um und vor Guran dessen Männer. Da spottete Othman: »Sehe ich recht – du versteckst dich hinter einer Mauer von Feiglingen?«

Guran rief: »Zurück!« Hastig, wie Tauben bei einem Schuss, löste sich die Truppe auf. Guran sprang auf. Er war mittelgroß, hatte eine kräftige Statur und einen Stiernacken. »Wo sind deine Polizisten?«, fragte er.

Wütend fuhr ihn Othman an: »Ich werde dort zuschlagen, wo du bei anderen immer hinzielst.« Blitzschnell stieß er zu – ein erniedrigender Hieb. Wütend heulte Guran auf, fiel über ihn her, und im Nu tobte eine tödliche Schlacht. Es war ein denkwürdiger Augenblick, den das Viertel bis heute nicht vergessen hat, und noch jetzt wird darüber berichtet wie über den Kampf zwischen Elefant und Tiger. Dieser Tag bedeutete einen tiefen Einschnitt in die Geschichte der Viertel, wurde doch ihr weiterer Verlauf grundlegend verändert. Jedes Mitglied einer Wächterbande, nicht nur der von Guran, auch der von al-Awar, konnte sein künftiges Schicksal erkennen.

Guran wollte mit der ganzen Wildheit seines Blutes und seinen Eisenarmen Othman zerquetschen, doch der vertraute auf seine Behändigkeit und die Fähigkeit, schnell mit der Faust zuzuschlagen, eine Kunst, von der Guran keine Ahnung hatte. Othmans Boxhiebe trafen Kinnlade, Brust, Magen und die gebogene Nase, sodass sein Feind rasend vor Wut brüllte: »Verflucht soll die Hölle sein, wenn ich nicht dein Blut zu trinken bekomme!«

Die Männer, die traditionsgemäß nicht eingreifen durften in den Kampf, schrien: »Tod! Töte ihn, Meister!«

Gebrüll, Geschrei, Gelärm. Alle Farghanis hatten sich beim Gewölbe versammelt, das die Trennlinie zwischen dem Halwagi-Viertel und der Farghana-Gasse darstellte. Naima zitterte vor Aufregung, drückte nervös die Hand des Vaters, dem sie beschrieb, was er mit eigenen Augen nicht sehen konnte.

Guran wurde schwindlig, zu schnell hagelten die Schläge auf ihn herab. Seine Bewegungen wurden langsamer, die Arme erschlafften, sein Blick begann ins Leere zu starren.

»Das Ungeheuer geht in die Knie!«, jauchzte Naima laut los.

Tatsächlich, er fiel. Sein Körper sank immer tiefer, der Kopf drückte sich in den Sand. Der starke Guran kauerte sich wie ein Bär zusammen, und dann kippte er einfach zur Seite. Dutzende von Gurans Männern hoben drohend die Knotenstöcke, doch Othman, obwohl mit seiner Kraft am Ende, rief ihnen zu: »Ihr Weiber, ihr!«

Verlegen zogen sie sich zurück, auch wenn einige noch schrien: »Bald wird man die Fatiha für deinen Leichnam sprechen!«

Der Offizier nahm wieder seine Kontrollgänge durch die Straßen auf, bekleidet mit dem Gilbab. Die wundersame Legende von seiner Stärke lief ihm voraus. Wann immer er auf einen Kumpan, ob nun groß oder klein, aus einer der Wächterbanden stieß, stellte er sich ihm in den Weg und verlangte, dass der – gut hörbar für die Leute – erklärte: »Ich bin ein Weib.« Schon beim geringsten Zögern stürzte sich der Offizier auf ihn und machte ihn dem Erdboden gleich. Jeder Tag brachte neue Kämpfe. Voller Mut nahm der Offizier sie auf, und immer wieder ging er als Sieger daraus hervor. Nach wenigen Monaten schon zogen die Wächterbanden aus Daabas und Halwagi ab. Außer alten Männern, Frauen und Kindern blieben dort nur noch die wohnen, die schamhaft den Blick senkten oder aller Gewalt abgeschworen hatten. Die Schwachen fühlten sich wie neugeboren, und voller Verehrung und Zuneigung schauten sie zu dem Offizier auf.

Der alte Laithi, völlig erblindet, kränkelte und musste das Bett hüten. Naima, die nun allein mit dem Karren herumzog, war reifer geworden, und jeder Tag schien sie noch hübscher zu machen. Was die Bewunderung für sie noch steigerte, war die Rivalität von Guran und al-Awar, die ihretwillen erst kürzlich blutig getobt hatte. Die Gasse wartete darauf, dass sie einem angemessenen Bräutigam zugeführt wurde.

Eines Abends geschah es, dass Handas, der Bursche vom Kaffeehaus, den Gästen zuflüsterte: »Habt ihr gesehen, wie der Offizier Naima anstarrt?« Da niemand bisher etwas bemerkt hatte, bestätigte er ihnen nochmals, dass der Offizier Naima »mit den Augen verschlinge«.

Von nun an begann jeder, Naima zu beobachten. Man stellte fest: Sie hatte sich mit ihrem Karren vor der Mauer eingerichtet, die gegenüber von der Polizeistation stand; der Offizier blickte sie verstohlen, aber doch mit unverhohlenem Interesse an; seine Augen wanderten bewundernd über ihr Gesicht und andere reizende Stellen ihres Körpers. Naima verlieh ihrer Stimme, wenn sie die Leber anpries, einen zärtlichen Schmelz; war sie beschäftigt, betonte sie bei jedem Drehen und Wenden ihre Weiblichkeit, was nur einem Mann gelten konnte, an dem ihr lag.

An einem der nächsten Abende, als alle wieder im Kaffeehaus saßen, erklärte einer der Männer: »Er verschlingt sie, und sie will, dass er sie verschlingt.«

»Der arme Amm Laithi«, murmelte der Besitzer.

»Wer weiß«, meinte der Lupinenverkäufer, »vielleicht hat der Offizier um sie angehalten?«

»Für Gott ist nichts unmöglich«, brummte der blinde Koranrezitator.

Den Gesichtern war deutlich anzusehen, dass die Leute sich Sorgen machten. Ein junger Mann sprach es aus: »Der Offizier ist stärker, als es Guran und al-Awar zusammen waren. Wehe dem, der auch nur einen Mucks von sich gibt!«

Naima stand im Mondschein, zählte die Tageseinnahme und sang: »Ohne ihn, um mich herum, wie war ich dumm …« Zwei junge Männer gingen um des lieben Friedens willen weiter, nicht aber ohne sich zu sagen, dass ein junges Mädchen so etwas wohl nicht singen würde, wenn sie nicht verliebt wäre.

Nur wenige Nächte waren verstrichen, als Handas mit Neuigkeiten aufwarten konnte. »Alles ist klar«, verkündete er. »Ich habe die beiden in Schubra auf dem Ödland gesehen.«

»Fürchte Gott, statt so etwas zu sagen!«, rief der Besitzer.

»Lob und Dank sei Gott, aber sie stand vor dem Wagen, und der Offizier hat wie ein Wilder Leber gefuttert.«

»Nichts Besonderes«, meinte der Koranrezitator, »das machen doch alle.«

»Aber nicht auf dem Ödland!«, rief Handas. »Haben Sie nicht zugehört, verehrter Scheich? Ich habe nur noch um Erbarmen mit Amm Laithi gefleht.«

Den Männern wurde beklommen zumute. Schließlich sagte der Besitzer: »Ihr Vater ist zwar altersschwach, aber der ehrbarste Mann in der Gasse.«

»Die Gasse scheint noch altersschwächer zu sein, sonst würde sie ihre Ehre verteidigen«, erwiderte der Lupinenverkäufer.

Angesichts dieser Schande blickten die Männer düster drein. Wie konnte es sein, dass ein Mann, der ihnen den Frieden geschenkt hatte, sich so verhielt? Die Wasserpfeife schmeckte nicht mehr, der Tabak war nicht zu genießen.

»Was sollen wir machen?«, fragte einer der Jüngeren.

»Sprich es aus«, meinte der Rezitator: »Ich bin ein Weib …«

Naima fiel auf, dass sie von Schweigen und Verachtung umgeben war, und als sie mal hier und mal dort versuchte, ihrem Argwohn nachzugehen, stieß sie auf eine Mauer von erbittertem Zorn. Sie fürchtete sich zwar nicht, denn immerhin saß der Mächtigste aller Mächtigen auf seinem Platz vor der Polizeistation, aber sie litt unter der ungewohnten Einsamkeit. Den Kopf stolz erhoben, schritt sie einher, aber den honigfarbenen Augen fehlte jeder Glanz, sie wirkten matt wie ein welkes Blatt. Bei der geringsten Reiberei brach sie in Wut aus, bereit, ihren Widersachern an den Hals zu gehen. Sie schimpfte, fluchte, schrie ihr Opfer an: »Ich habe mehr Ehre im Leib als deine Mutter!«

Der Offizier saß Tag für Tag auf seinem Korbstuhl, rauchte Wasserpfeife und streckte die Beine weit von sich, bis zur Mitte der Gasse. Er war fülliger geworden, trug einen dicken Wanst vor sich her, und sein Blick hatte etwas Dünkelhaftes bekommen. Sein Eifer, seine Begeisterung erloschen zusehends, und es schien, dass nicht einmal mehr Naima sein Gefühl in Wallung brachte. Die Menschen, die trotz allem nicht vergaßen, welche Wohltat er ihnen erwiesen hatte, sagten seufzend: »Was das Schicksal verhängt hat, geschieht.«

Naima hielt sich nur noch in der Gasse auf, wenn es unumgänglich war. Ansonsten zog sie durch die anderen Viertel und kehrte erst bei Einbruch der Nacht heim. Immer missgelaunt und düster gestimmt, immer auf Zank und Streit aus, hatten sich ihre Gesichtszüge verhärtet; ihr Blick war kalt geworden. Sie wirkte verhärmt und ausgedörrt, ein Zeichen dafür, dass das Alter gnadenlos auf sie zueilte.

Die vielen forschenden Augen glaubten zu sehen, dass der Zauber, mit dem Naima einst den Offizier betört hatte, endgültig geschwunden war. Ein Raunen ging durch die Wipfel des Maulbeerbaums, und durch die dämmernde Stille der Gasse drang das Gluckern der Pfeifen wie hämisches Kichern.

Die Einöde

Es sollte ein heißer, wilder Kampf werden, und er sollte den Durst stillen, der sich in zwanzig Jahren des Ausharrens und zermürbenden Wartens angestaut hatte. Das Gesicht des Mannes sprühte Funken, während ihn seine Gefährten umgaben. Sie zogen hinter ihm her und hielten ihre Knotenstöcke gepackt. Jeder Knoten verhieß ein Loch in den Knochen anderer. Der Prozession hatten sich Leute angeschlossen, die Körbe voller Steine und Kiesel trugen. Die Männer schritten auf dem öden Gebirgsweg voran, fest entschlossen zu kämpfen. Jetzt kommt das Unglück über dich, Schardacha! Von Zeit zu Zeit schauten ein Straßenkehrer oder ein Erdarbeiter auf den seltsamen Zug und richteten einen Blick voller Neugier, Staunen und Ablehnung auf den Mann, der in seiner Mitte ging. Sie fragten einander nach dem Anführer der Bande, den noch niemand von ihnen gesehen hatte. Ihr werdet ihn noch kennenlernen und seinen Namen auswendig behalten, ihr Geschmeiß der Schöpfung. Die sich westwärts neigende Sonne warf heiße Strahlen auf die gestickten Tücher. Wahnsinnig machende Chamassinluft lief um und brannte auf den Gesichtern. Sie blies Düsternis und Hass in die Atmosphäre. Einer seiner Gefährten neigte sich zum Ohr des Mannes vor und fragte: »Meister Scharschara, liegt Schardacha an der Gebirgsstraße?«

»Nein, wir müssen durch das Gawwala-Viertel, um dorthin zu kommen.«

»So wird die Kunde von unserem Kommen uns vorauseilen, und dein Feind wird sich darauf vorbereiten.«

»Das ist genau, was ich will. Ein Schlag aus dem Hinterhalt verhilft zwar zum Sieg, aber er stillt den Rachedurst nicht.«

Den Rachedurst von zwanzig Jahren, während derer er sich verborgen hatte, fern vom nächtlich wachen Kairo, in unbekannten Gegenden des Hafens von Alexandria. Keine Hoffnung mehr im Leben als die, sich zu rächen. Essen, Trinken, Geld, Frauen, Himmel und Erde waren wie in dunklen Wolken versunken. Alles Fühlen beschränkte sich auf schmerzhafte Bereitschaft, kein Gedanke mehr als den, Rache zu nehmen. Keine Liebe mehr, kein Zuhause, kein Geborgensein im Wohlstand. Alles war der Vorbereitung auf den fürchterlichen Tag geopfert. So war die Blüte des Lebens verkohlt im Feuer des Zorns, des Hasses und des Schmerzes. Du warst nicht glücklich über deine langsam, aber ständig wachsende Überlegenheit unter den Hafenarbeitern. Du zogst keinen rechten Nutzen aus deinem Sieg über die Dschafars in den Straßenkämpfen von Kum El-Dikka. Wie leicht wäre es gewesen, als geachteter Anführer einer Bande zu leben und Alexandria zur Heimatstadt zu machen, unter deren Himmel der Name Scharschara lauten Widerhall gefunden hätte. Aber deine blutenden Augen sahen nichts mehr im Leben als Schardacha mit seiner engen Straße, seinen verzweigten, ansteigenden Gassen und seinem mächtigen, verhassten Anführer Lachluba. Wehe!

Der öde Gebirgsweg endete bei einem Tor, durch das die Prozession in das dicht bevölkerte Gawwala-Viertel zog. Scharschara rief in befehlendem Ton, hart, als schlüge eine Axt auf Stein: »Kein Wort zu irgendjemandem, keine Antwort auf Fragen!«

Die Passanten gaben der Prozession den Weg frei. Man reckte die Hälse in den kleinen Läden und Trinkstuben und blickte lange auf den gemessen dahinschreitenden Anführer. Dann breitete sich Unruhe und Furcht aus. Sein Gefährte warnte: »Sie werden glauben, dass wir ihnen Unheil bringen wollen.«

Scharschara wandte den Blick den beiden Gesichtern zu und

sagte mit vernehmlicher Stimme: »Ihr Männer, wir kommen in Frieden zu euch.«

Die Gesichtszüge entspannten sich, und Stimmen erhoben sich zum Gruß. Dann wandte er sich plötzlich an die Leute, wobei er seinen Gefährten einen bedeutungsvollen Blick zuwarf: »Wir wollen nach Schardacha.«

Er schwang seinen Furcht einflößenden Stock, während er seinen Weg fortsetzte. Sie blicken immer noch erstaunt auf dich, so dachte er, als wärst du nicht in diesem Viertel geboren, mitten in Schardacha. Aber es bleibt offenbar nur die Erinnerung an Mord und an Verbrechen. Er war damals ein junger Mann von zwanzig Jahren, ein Arbeiter in der Sattlerei. Die einzige Zerstreuung für ihn bestand darin, unter dem Maulbeerbaum mit Glaskugeln zu spielen. Er war Waise. Selbst eine Schlafstätte hatte er nur in der Sattlerei gefunden, als ein Almosen von Onkel Sachra, ihrem Besitzer. Als er das erste Mal heißes Öl in das Haus Lachlubas brachte, schlug ihn der auf den Hinterkopf. Das war seine Art der Begrüßung. Wie schön war Seinab damals! Wenn es nicht den allgewaltigen Lachluba gegeben hätte, so wäre sie seit zwanzig Jahren deine Frau. Es hätte ihm freigestanden, um ihre Hand zu bitten, bevor du es tatest, aber erst in der Hochzeitsnacht fand er Gefallen an ihr. Die Gaslampen wurden zertrümmert, der Musikant floh, die Musikinstrumente zerbrachen. Du wurdest gepackt, als wärst du ein Gefäß oder ein Möbelstück. Du warst nicht schwach oder feige, aber der Widerstand ging über deine Kraft. Er warf dich zu Boden, und Dutzende von Füßen umgaben dich. Er lachte widerwärtig und stieß verächtlich hervor: »Herzlich willkommen, du Bräutigam des heißen Öls!«

Der neue Gilbab wurde zerrissen, der Schal ging verloren, und die restlichen Ersparnisse deines Lebens wurden gestohlen. Du flehtest: »Ich bin aus Schardacha, Meister, wir sind alle deine Männer und stehen unter deinem Schutz.«

Da schlug er dich auf den Hinterkopf, um dir sein Mitgefühl

zu zeigen, und fragte seine Leute spöttisch: »Welche Behandlung schlagt ihr vor, ihr Schurken?«

»Ich stehe zu Diensten, Meister, aber lass mich gehen!«

»Die Braut wartet wohl auf dich?«

»Ja, Herr des Viertels, und ich verlange mein Geld. Was den Gilbab anbetrifft, so wird ihn Allah ersetzen.«

Da packte er dich an der Stirnlocke und zog dich und sagte in einem neuen, scharfen, furchterregenden Tonfall: »Scharschara!«

»Was ist, Herr?«

»Gib sie frei!«

»Was?«

»Ich sage dir, scheide dich von ihr, scheide dich von deiner Braut und jetzt …«

»Aber …«

»Sie ist schön, aber das Leben ist schöner.«

»Ich habe erst heute Nachmittag den Ehekontrakt mit ihr unterschrieben.«

»So wirst du heute Abend die Scheidungsurkunde schreiben. Die beste Wohltat ist, die schnell erfolgt.«

Verzweifeltes Stöhnen wurde laut. Er trat ihn brutal mit den Füßen. In Sekunden riss man ihm die schon zerfetzte Kleidung vom Leib. Er fiel zu Boden nach einem Schlag auf den Nacken. Der andere schlug mit seinem Stock auf ihn ein, bis er bewusstlos wurde. Er stieß ihn mit dem Gesicht in eine Grube mit Pferdeurin und wiederholte: »Scheide dich von ihr!«

Er weinte vor Schmerz, Zorn und Schande, aber er entgegnete nichts. Da spottete der andere mitleidig: » Niemand wird dir den Rest der Morgengabe abverlangen.«

Einer der Helfer schüttelte ihn heftig und rief: »Lobe Allah und danke deinem Herrn!«

Schmerz, Erniedrigung. Und die Braut verloren. Da sind die Gerüche des Gewürzhandels in Gawwala. Sie bringen dich der Vergangenheit näher als die Rückkehr selbst. Die alten Spielplätze und das Gesicht Seinabs, das du schon liebtest, seit sie zehn Jahre alt war. Während der zwanzig Jahre hat nur Hass dein Herz bewegt. Vorher kannte es nur Liebe und Freude. Aber bald werde ich nicht mehr stöhnen über das Leben, das mir entgangen ist. Wenn ich dich mir zu Füßen werfe, Lachluba, und dich auffordere: »Scheide dich von ihr!« Dadurch werde ich zwanzig in der Hölle verlorene Jahre zurückgewinnen, und das Geld wird mich nicht reuen, das ich für diese Truppe ausgegeben habe, das Geld, das ich erworben habe durch Elend und harte Arbeit, durch Diebstahl und Raub und dadurch, dass ich mich Gefahren aussetzte.

Als er in nicht allzu weiter Ferne den überdachten Gang vor sich sah, der nach Schardacha führte, wandte er sich an seine Männer: »Überlasst den Mann selbst mir, fallt ihr über seine Leute her, aber tut niemandem außer ihnen etwas!«

Er zweifelte nicht daran, dass die Kunde von seinem Einzug ihm nach Schardacha vorausgeeilt war, dass er binnen Kurzem Lachluba von Angesicht zu Angesicht gegenüberstehen würde und dass ihn von seinem Ziel nur noch ein kurzer überdachter Gang trennte. Vorsichtig ging er vor ihnen her, aber er traf niemanden in dem Gang. Sie stießen auf einmal vor, wobei sie ihre Stöcke fest gepackt hielten und furchterregende Laute ausstießen, aber sie fanden den Gang leer. Die Leute hatten sich in die Häuser und kleinen Läden geflüchtet. Der Weg nach Schardacha erstreckte sich einsam vor ihnen bis hin zu der Einöde, die ihn von der Seite der Wüste her begrenzte.

Der neben ihm ging, flüsterte ihm ins Ohr: »Das ist eine List, eine List bei meinem Herrn Abu l-Abbas.«

Scharschara entgegnete missbilligend: »Lachluba kennt keine List.«

So laut er konnte, rief er: »Lachluba, komm heraus, du Feigling!«

Aber niemand antwortete ihm, und niemand trat auf den Weg heraus. Er blickte abwartend und verwirrt auf das, was vor ihm lag. Eine Wolke würgend heißen Staubs hüllte ihn ein. Wann endlich würde er der Last von zwanzig Jahren Zorn und Hass ledig sein? Er sah die niedrige, gewölbte, jetzt geschlossene Tür der Sattlerei vor sich und ging vorsichtig darauf zu. Er schlug mit seinem Stock gegen sie, bis eine zitternde Stimme zu hören war, die inständig flehte: »Lass mich leben!«

Er rief triumphierend: »Onkel Sachra, komm heraus, dir geschieht nichts!«

Das Gesicht des alten Mannes erschien hinter einem kleinen Guckloch in der Wand oberhalb der Tür, er ließ seinen müden Blick schweifen.

»Hab keine Angst, niemand will dir etwas zuleide tun! Erinnerst du dich nicht an mich, Mann?«

Der Alte blickte ihn lange an, dann fragte er erstaunt: »Wer bist du, Allah beschütze dich?«

»Hast du denn deinen Jungen Scharschara vergessen?«

Die trüben Augen weiteten sich, dann rief er: »Scharschara! Beim Buch Allahs, es ist Scharschara und niemand anders.«

Schnell öffnete er die Tür und eilte mit ausgebreiteten Armen auf ihn zu, so als hieße er ihn freudig willkommen, innerlich aber voller Furcht. Sie umarmten sich. Scharschara fasste sich in Geduld, bis das vorbei war, dann fragte er ihn: »Wo ist Lachluba? Warum kommt er nicht, um sein Viertel zu verteidigen?«

»Lachluba!«

»Wo ist euer Anführer, der Feigling?«

Der alte Mann schluckte und hob den Kopf über dem mageren, von Adern durchzogenen Hals. Dann sagte er: »Weißt du es denn nicht, mein Sohn? Lachluba ist schon vor einer Weile gestorben!«

Scharscharas Kehle entrang sich ein: »Nein!«, wobei er taumelte, als hätte man ihn geschlagen.

»Es ist die Wahrheit, mein Sohn!«

Mit lauterer und rauerer Stimme als das erste Mal schrie er: »Nein, nein, du Schwachkopf!«

Der alte Mann trat furchtsam einen Schritt zurück: »Aber er ist gestorben und ist wirklich tot.«

Seine Arme fielen schlaff herab, er sank zusammen, und der alte Mann fuhr fort: »Vor fünf Jahren oder mehr …«

Ach, warum verschwand plötzlich alles Lebendige aus seinen Augen, nur der Staub blieb?

»Glaub mir, er ist gestorben. Er wurde zu einem Gastmahl im Hause seiner Schwester eingeladen und aß Kuskus. Dann waren er und viele seiner Helfer vergiftet. Niemand entkam.«

Ach … Er atmete so schwer, als hätte sich die Luft in Kieselsteine verwandelt. Er hatte das Gefühl, in die Tiefen der Erde versunken zu sein, und wusste nicht mehr, was von ihm noch auf der Erdoberfläche verblieben war. Er maß Sachra mit einem schwerfälligen, enttäuschten Blick und murmelte: »So ist Lachluba gestorben.«

»Seine letzten Anhänger gingen auseinander, denn es war dann leicht für die Leute, sie zu verjagen.«

»Und niemand von ihnen ist übrig geblieben?«

»Niemand, Allah sei Dank!«

Da brüllte er plötzlich mit Donnerstimme: »Lachluba, du Feigling, warum bist du gestorben?«

Der alte Mann erschrak über die Heftigkeit seiner Stimme und bat inständig: »Beruhige dich und bekenne dich zu Allah!«

Er schickte sich an, zu seinen Gefährten zurückzukehren, und sank dabei in sich zusammen. Aber dann blieb er matt stehen und stellte noch einmal eine Frage: »Und was weißt du über Seinab?«

Der alte Mann fragte erstaunt: »Seinab?«

»Alter, hast du denn die Braut ganz vergessen? Er zwang mich doch in der Hochzeitsnacht, sie freizugeben.«

»Ach ja, sie ist heute Eierverkäuferin in der Eselsstraße.«

Niedergeschlagen blickte er auf seine Männer, die Schar, die sein Leben, sein Geld und seine Ausdauer aufgezehrt hatte. Je[illegible] war da nur noch Blindheit, die sie dem Nichts preis[illegible] gequält: »Erwartet mich am Berg!«

Sein Blick erstarrte, als sie einer nach dem anderen im Gang verschwanden. Würde er ihnen folgen? Wann würde er ihnen folgen und warum? Würde er auf dem Weg durch Gawwala zurückkehren oder durch die Einöde? Aber da war Seinab. Ja, Seinab! Ihretwegen waren zwanzig Jahre des Lebens wie leergebrannt. Waren sie es wirklich ihretwegen? Du wirst nicht zu ihr kommen als Sieger über einen allmächtigen Mann, wie du es vorhattest. Er ist tot, und es ist sinnlos, Gräber zu öffnen. Wie scheußlich ist diese Leere! Da ist sie in ihrem Laden. Ja, sie ist es und niemand anders. Wer hätte sich ein Wiedersehen wie dieses vorgestellt, lau, rätselhaft und schüchtern? Er saß auf einem Stuhl in einem kleinen Café so groß wie eine Gefängniszelle und beobachtete den Laden, der voll war von Kunden. Da war sie, eine fremde Frau, füllig und voller Erfahrung. Die Jahre hatten ihre schlichten Gesichtszüge reifen lassen. Sie war von Kopf bis Fuß in Schwarz gehüllt, aber ihr Gesicht hatte noch viel von der alten Schönheit bewahrt. Da feilscht sie und kämpft, sie ist freundlich und streitet wie eine Marktfrau, die ihr Geschäft versteht. Da ist sie, wenn du sie willst, ohne Kampf, aber auch ohne Ehre. Nie mehr wirst du die Möglichkeit haben, auf Lachlubas Brust zu stehen und ihm zu befehlen, sie freizugeben. Wie widerwärtig ist dieses Gefühl der Leere! Er wandte nicht einen Moment den Blick von ihr. Erinnerungen strömten auf ihn zu und erfüllten ihn mit einem Gefühl der Fremde, der Trauer und der tödlichen Ratlosigkeit. Was sollte er tun? Wie sehr hatte er geglaubt, dass sie ihm alles sei im Leben; aber wo war sie?

Die Dämmerung kam wie das Ende des Lebens. Die Kunden gingen nach und nach. Schließlich ließ sie sich auf einem kleinen Sitz aus geflochtenem Stroh nieder und begann, eine Zigarette zu rauchen. Er beschloss, einfach zu ihr zu gehen, um seiner Ratlosigkeit zu entfliehen. Er stellte sich vor sie hin und grüßte: »Guten Abend!«

Sie blickte, die Augen von schwarzer Schminke umrahmt,

fragend zu ihm auf. Sie erkannte ihn nicht, fuhr fort zu rauchen und murmelte: »Sie wünschen?«

»Ich habe keinen Wunsch.«

Sie sah ihn mit plötzlicher Aufmerksamkeit an, ihre Blicke trafen sich. Ihre Augenbrauen hoben sich, und ihre Mundwinkel verzogen sich zu einem halben Lächeln.

»Ja, ich bins.«

»Scharschara!«

»Er ist es, aber nach zwanzig Jahren.«

»Ein langes Leben!«

»Lang wie Tage des Krankseins.«

»Allah sei Dank, du bist gesund! Wo warst du?«

»In Gottes weiter Welt.«

»Hast du Arbeit, Familie und Söhne?«

»Nichts von allem.«

»So bist du schließlich doch nach Schardacha zurückgekehrt!«

»Aber die Rückkehr ist sinnlos.«

In ihren Augen leuchteten Zweifel und Fragen auf. Er sagte zornig: »Der Tod ist mir zuvorgekommen.«

Freudlos murmelte sie: »Es ist alles vorbei und vergangen.«

»Mit ihm ist auch die Hoffnung zu Grabe getragen.«

»Alles ist vorbei und vergangen.«

Sie blickten sich lange an. Dann fragte er: »Und wie geht es dir?«

Sie zeigte auf die Eierkörbe und sagte: »Wie du siehst, blendend.«

Dann fragte er zögernd: »Hast du nicht ... Ich meine, hast du nicht geheiratet?«

»Meine Söhne und Töchter sind erwachsen.«

Eine Antwort, die nichts besagte. Eine haltlose Entschuldigung wie eine Falle. Was hatte die Rückkehr für einen Sinn, wenn die verlorene Ehre nicht wiederhergestellt war? Aber wie widerwärtig ist die Leere! Sie wies auf einen leeren Stuhl in der Ecke des Ladens, lud ihn ein: »Setz dich doch!«

Eine liebliche Melodie wie vor langer Zeit. Aber es war nichts geblieben als Staub.

Er entgegnete: »Ein andermal.«

Er zögerte in qualvoller Verlegenheit, dann gab er ihr die Hand und ging. Die Gelegenheit würde nie wiederkehren. So ging es dir vor zwanzig Jahren. Aber damals war die Hoffnung noch nicht begraben. Durch die Straße von Gawwala zum Berg zu gehen, war ihm unangenehm. Es war ihm unangenehm, Leute zu sehen oder gesehen zu werden. Es gab noch den Weg durch die Einöde. So ging er auf diese zu.

Unter dem Dach

Die Wolken ballten sich zu Haufen, dunkel wie sinkende Nacht. Sprühregen fiel. Ein kalter Wind fegte durch die Straße, roch nach Feuchtigkeit. Die Passanten beschleunigten den Schritt, ausgenommen die Gruppe, die unter dem Dach der Haltestelle beieinanderstand. Eine beinahe normale Szene, wenn da nicht ein Mann gerannt gekommen wäre. Wie ein Verrückter schoss er aus einer Seitenstraße heraus, um gleich darauf in der gegenüberliegenden Straße zu verschwinden. Männer und junge Burschen hetzten hinter ihm her und schrien: »Ein Dieb … Haltet den Dieb!« Allmählich verebbte der Lärm, bis er schließlich ganz verstummte. Es regnete noch immer. Die Straße war fast leer. Einige, die unter dem Dach standen, warteten auf den Bus, andere fürchteten sich nur davor, nass zu werden. Die Jagd schien anzudauern, denn der Tumult setzte wieder ein, näherte sich, wurde immer lauter. Die Verfolger tauchten auf, sie hatten den Dieb gepackt. Die Burschen stießen grelle, hohe Jubelschreie aus. Auf halbem Wege versuchte der Dieb zu entkommen. Doch sie griffen ihn, fielen mit Schlägen und Stößen über ihn her, und da es dem Geprügelten zu bunt wurde, setzte er sich zur Wehr und schlug zu, wohin er gerade traf. Die unter dem Dach Wartenden hielten die Augen fest auf den Kampf gerichtet.

»Wie brutal die zuschlagen!«

»Es wird noch ein Verbrechen geschehen, das schlimmer ist als Diebstahl.«

»Sehen Sie nur, wie untätig der Polizist dort im Eingang des Gebäudes herumsteht.«

»Er dreht sogar absichtlich den Kopf weg.«

Der Regen wurde dichter, fiel für eine Weile in gleichmäßigen Silberfäden. Dann goss es richtig los. Bis auf die, die kämpften oder unter dem Dach warteten, lag die Straße menschenleer da. Zusehends erschöpfter hörten die Männer schließlich mit der Prügelei auf, und wenn sie auch keuchten, redeten sie doch heftig auf den eingekreisten Dieb ein, was die unter dem Dach Wartenden aber nicht verstanden. Der Wortwechsel wurde immer hitziger, alle redeten auf einmal, und niemand kümmerte sich um den Regen. Die Kleider klebten ihnen am Leib, aber hartnäckig und ohne sich im Geringsten um die Wassermassen zu scheren, setzten sie ihren Disput fort. Die lebhafte Gestik des Diebs verriet, mit welchem Eifer er sich verteidigte. Aber niemand glaubte ihm. Er schwenkte die Arme, als hielte er eine Rede, aber die Worte verloren sich in der Ferne und im Strömen des Regens. Ja, zweifellos war er mitten in einer Ansprache, und die anderen hörten ihm zu, blickten, ungeachtet des Regens, stumm auf ihn. Die Leute unter dem Dach schauten gebannt hin.

»Wie kann es sein, dass der Polizist sich nicht rührt?«

»Deshalb glaube ich fast, dass das Ganze eine Filmszene ist.«

»Die Schläge waren echt.«

»Und die Diskussion? Die Rede mitten im Regen?«

Ein neues Ereignis lenkte die Blicke auf sich. Vom Platz her kamen mit wahnsinniger Geschwindigkeit zwei Autos angerast, verfolgten einander erbittert. Der vordere Wagen beschleunigte immer stärker, und dennoch schien der hintere ihn im nächsten Augenblick einzuholen. Aber plötzlich bremste das erste Auto so heftig, dass es fast nur noch kroch, und krachend fuhr das andere Auto hinten auf. Beide Wagen überschlugen sich, explodierten, und im Nu standen sie in Flammen. Schreie und Stöhnen drangen durch den strömenden Regen, aber niemand eilte hin. Der Dieb hörte nicht auf zu reden, und keiner von denen, die ihn anstarrten, drehte sich in die Richtung der nur wenige

Meter entfernten, zerstörten Autos. Das kümmerte sie ebenso wenig wie der Regen. Die unter dem Dach Wartenden bemerkten, wie eine Person, eines der Unfallopfer, blutbeschmiert und langsam unter einem der Wracks hervorkroch. Bemüht, auf allen vieren hochzukommen, brach die Person – mit dem Gesicht nach unten – endgültig zusammen.

»Kein Zweifel, ein wirkliches Unglück.«

»Der Polizist denkt noch immer nicht daran, sich in Bewegung zu setzen.«

»Es muss doch ein Telefon in der Nähe geben.«

Niemand rührte sich von der Stelle – aus Furcht vor dem Regen. Ein wahrer Wasserfall prasselte herunter, begleitet von Donner. Der Dieb hatte die Rede beendet, ruhig und voller Vertrauen betrachtete er seine Zuhörerschaft. Plötzlich begann er, sich Stück um Stück auszuziehen, bis er schließlich nackt dastand. Er warf seine Sachen hinüber zu den Autowracks; der Regen hatte den Brand gelöscht. Der Mann drehte sich um sich selbst, als wollte er den nackten Körper zur Schau stellen. Er sprang zwei Schritte vor, hüpfte wieder zurück und zelebrierte mit geradezu professioneller Eleganz einen Tanz. Seine Verfolger begannen, rhythmisch zu klatschen. Die Burschen verschränkten die Arme und bewegten sich, einen dichten Kreis bildend, um den Mann herum. Waren die unter dem Dach Wartenden auch maßlos verstört, so fanden sie doch die Sprache wieder.

»Wenns keine Filmszene ist, ist es Wahnsinn.«

»Klar, ein Film, und der Polizist gehört dazu, wartet nur auf seinen Part.«

»Aber der Autounfall?«

»Technische Perfektion. Sobald die Szene fertig ist, wird an einem der Fenster der Regisseur auftauchen.«

In einem Gebäude gegenüber der Haltestelle wurde geräuschvoll ein Fenster geöffnet. Trotz rhythmischem Klatschen und Regen richteten sich alle Blicke in diese Richtung. Ein gut gekleideter Mann zeigte sich. Er pfiff durchdringend, und im Nu öffnete sich ein anderes Fenster, und eine Frau, geschminkt und zum Ausgehen angezogen, war zu sehen, die mit einem Nicken bestätigte, den Pfiff gehört zu haben. Beide, Mann und Frau, entschwanden gleichzeitig den Blicken der unter dem Dach Wartenden, traten aber nur wenig später aus dem Gebäude und gingen, ohne sich um den Regen zu kümmern, untergehakt los. Bei den Autowracks hielten sie inne, redeten kurz miteinander, und dann begannen sie auf einmal, sich auszuziehen, bis sie schließlich inmitten des Regens nackt dastanden. Die Frau warf sich auf die Erde, legte den Kopf auf den Leichnam, dessen Gesicht sich in den Boden drückte. Der Mann kniete sich an ihre Seite hin und fing an, sie mit Händen und Lippen zärtlich zu berühren. Schließlich bedeckte er sie mit dem ganzen Körper und machte Liebe mit ihr. Das Tanzen, Klatschen, Kreisen, Regnen ging weiter.

»Skandalös!«

»Wenns ein Film ist, ist es ein Skandal! Sollte es aber Realität sein, dann ist es Wahnsinn!«

»Der Polizist steckt sich eine Zigarette an.«

Auf der halb leeren Straße regte sich neues Leben. Von Süden her kam eine Kamelkarawane gezogen, vorneweg der Treiber und einige Beduinen, Frauen und Männer. Sie lagerten sich unweit von dem tanzenden Dieb, banden die Kamele an den Hausmauern fest und schlugen die Zelte auf. Dann gingen sie den verschiedensten Beschäftigungen nach – essen, Tee trinken, rauchen, und einige vertieften sich in ein Gespräch. Von Norden her näherten sich Reisebusse, brachten europäische Touristen heran. Die Busse hielten hinter dem Kreis um den Dieb, dann stiegen die Passagiere aus. Grüppchenweise machten sich die Männer und Frauen gierig über die Sehenswürdigkeiten des Platzes her, ungeachtet Tanz, Liebe, Tod, Regen.

Plötzlich tauchte eine Menge Bauarbeiter auf, gefolgt von schweren Lastwagen, beladen mit Steinen, Zement und Werkzeugen. In verblüffender Schnelligkeit errichteten sie ein gewaltiges Grabmal, dazu noch, gleich nebenan, ein riesiges Bett aus Steinen, das sie mit Tüchern bedeckten und an den Säulen mit Blumen schmückten – alles mitten im Regen. Sie gingen zu den Autowracks hinüber, zogen die Leichen heraus. Zerquetschte Köpfe, verbrannte Glieder. Sie holten den Leichnam unter dem Paar hervor, das den intimen Verkehr nicht unterbrach. Sie legten die Toten dicht nebeneinander aufs steinerne Bett, gingen zu den Liebenden hinüber, hoben das noch immer umschlungene Paar auf und vertrauten es dem Grab an, schütteten, nachdem die Öffnung geschlossen war, Sand auf, bis das Grab fast eingeebnet war. Die Arbeiter bestiegen die Lastwagen, und während sie laut etwas schrien, das dennoch nicht zu verstehen war, rasten die Lastwagen los.

»Als ob wir träumen …«

»Ein furchterregender Traum. Besser, wir gehen.«

»Aber wir müssen doch warten!«

»Worauf?«

»Aufs glückliche Ende.«

»Glücklich?«

»Wenn nicht, hätte der Produzent einen Katastrophenfilm angesagt.«

Noch während sie sprachen, hatte sich ein Mann, bekleidet mit einer Richterrobe, mit gekreuzten Beinen auf das Grabmal gesetzt. Niemand hatte bemerkt, woher er gekommen war, ob aus der Richtung der Europäer, der Beduinen oder des Kreises um den Dieb. Keiner wusste das. Er breitete eine Zeitung vor sich aus und verlas einen Text, als verkündete er ein Urteil. Niemand konnte ergründen, um was es sich handelte, denn seine Worte wurden übertönt von Klatschen, Stimmenlärm in verschiedensten Sprachen, Regen. Doch die nicht zu hörenden Worte verloren sich nicht; wie tobende Wellen prallten in der Straße heftige Bewegungen aufeinander. Bei den Beduinen brachen Kämpfe aus, bei den Europäern entbrannten Streitigkeiten, und dann – dann droschen mehrere Beduinen und Europäer aufeinander ein, während andere zu singen und tanzen begannen. Wieder andere scharten sich um das Grabmal, zogen sich aus und machten Liebe. Ein Rausch überkam den Dieb, sein Tanz wurde immer einfallsreicher und raffinierter. Alles steigerte sich, erreichte den Höhepunkt – das Töten, der Tanz, die Liebe, der Tod, der Donner, der Regen.

Ein großer, starker Mann mischte sich unter die Gruppe der unter dem Dach Wartenden. Sein Kopf war unbedeckt, er trug eine Hose und einen schwarzen Pullover. In der Hand hielt er ein Fernglas. Er schubste und drängelte sich rücksichtslos durch, beobachtete dabei die Straße, wobei er das Fernglas mal hierhin, mal dorthin richtete. Ein ums andere Mal murmelte er: »Nicht schlecht … einwandfrei.«

Interessiert richteten sich die Blicke der unter dem Dach Wartenden auf ihn.

»Ist ers?«

»Ja, er ist der Regisseur.«

Der Mann schien sich an die auf der Straße zu wenden, als er brummelnd sagte: »Macht ja keinen Fehler, sonst müssen wir alles noch einmal von vorne beginnen.«

Einer fragte: »Verehrter Herr, sind Sie …?«

Mit einer unfreundlichen, gebieterischen Bewegung unterbrach ihn der Mann, sodass der andere den Rest der Frage hinunterschluckte und schwieg. Wieder ein anderer schöpfte vor lauter Nervosität Mut und fragte: »Sind Sie der Regisseur?«

Der Mann beachtete ihn nicht und behielt die Straße weiter im Blick. Aber da – ein Kopf rollte auf die Haltestelle zu, blieb auf Armeslänge davor liegen. Aus der Schnittstelle am Hals schoss Blut hervor. Die unter dem Dach Wartenden schrien entsetzt auf, aber der Mann betrachtete eingehend den Kopf und brummelte: »Bravo, bravo.«

Jemand rief: »Das ist ein richtiger Kopf, das ist echtes Blut!«

Der Mann richtete das Fernglas auf ein Paar, das sich liebte, und schrie ungeduldig: »Wechselt die Stellung, sonst wirds langweilig!«

»Es ist ein richtiger Kopf! Bitte erklären Sie uns das!«

»Ein Wort würde uns reichen, verehrter Herr, damit wir wissen, wer Sie und diese Leute da sind.«

Ein Dritter flehte: »Es hindert Sie nichts zu sprechen!«

Und ein Vierter bat inständig: »Herr, missgönnen Sie uns nicht unseren Seelenfrieden!«

Doch der Mann zog sich unversehens mit einem Sprung zurück, als wollte er sich hinter den Menschen verstecken. Das Wichtigtuerische in seinem Blick wich einem Lauern, die Arroganz war verflogen. Er schien um Jahre gealtert, von einer Krankheit vernichtet. Unweit der Haltestelle tauchten Männer mit offiziellem Gehabe auf, sie streiften umher wie schnüffelnde Hunde. In wahnsinniger Hektik stürzte der Mann in den Regen, und kaum hatte einer der Offiziellen ihn bemerkt, da rannte er los in dessen Richtung, und die anderen folgten im Sturmschritt nach. Im nächsten Augenblick waren sie allesamt den Blicken der unter dem Dach Wartenden entschwunden, hatten sie die Straße voller Tod, Liebe, Tanz, Regen zurückgelassen.

»Gütiger Gott! Er war kein Regisseur.«

»Was war er dann?«

»Vielleicht ein Dieb.«

»Oder ein Verrückter, der entflohen ist.«

»Oder er und seine Verfolger gehören zu einer Szene.«

»Das hier sind Ereignisse einer Realität, die mit Kunst nichts zu tun hat.«

»Aber Kunst ist die einzige Vermutung, mit der diese Ereignisse irgendwie plausibel erscheinen.«

»Vermutungen sind nicht notwendig.«

»Ja, wie erklären Sie sich das dann?«

»Das ist real, ungeachtet aller Merkwürdigkeiten.«

»Wie kann so was geschehen?«

»Es geschieht.«

»Wir müssen verschwinden, koste es, was es wolle.«

»Man wird uns als Zeugen vorladen, wenns eine Untersuchung gibt.«

»Noch gibt es Hoffnung«, erklärte jemand und drehte sich in Richtung des Polizisten um. »Herr Wachtmeister!« Viermal musste er rufen, ehe der Polizist auf ihn aufmerksam wurde. Der Mann räusperte sich, und mit gerunzelter Stirn winkte er ihm zu. »Bitte, Herr Wachtmeister!«

Unwillig starrte der in den Regen, schlug den Mantel fester um sich und kam im Laufschritt unter das Dach gerannt. Er musterte prüfend die Gesichter. »Was machen Sie hier?«

»Sehen Sie nicht, was auf der Straße geschieht?«

Er wandte den Blick nicht von ihnen ab. »Alle an der Haltestelle sind in einen Bus gestiegen, nur Sie nicht. Was machen Sie hier?«

»Sehen Sie sich den Kopf da an.«

»Wo sind die Ausweise?« Höhnisch und selbstsicher grinsend, begann er die Papiere zu kontrollieren. »Was steckt hinter dieser Zusammenrottung?«, fragte er dann.

Die Wartenden sahen sich an, schüttelten verneinend die Köpfe. Einer erklärte: »Niemand kennt hier den anderen.«

»Lügen nützt hier nichts.«

Er trat zwei Schritte zurück, richtete das Gewehr auf die Wartenden und schoss schnell und treffsicher. Einer nach dem anderen sank leblos nieder, und während die Körper noch unter dem Dach lagen, ruhten die Köpfe auf dem Bürgersteig – mitten im Regen.

Die Kneipe Zur Schwarzen Katze

Gerade sang man gemeinsam ein Lied, da tauchte in der Tür ein Fremder auf. Es gab keinen freien Stuhl.

Die Kneipe, im Erdgeschoss eines alten, hinfälligen Gebäudes gelegen, bestand aus einem viereckigen Raum, in dem Tag und Nacht das Licht brannte, weil es dunkel war wie in einer Grabkammer. Es gab ein einziges Fenster, durch dessen Gitterstäbe der Blick auf den hinteren Teil eines Wohnviertels ging. Die Wände waren hellblau gestrichen, und die Feuchtigkeit hatte an mehreren Stellen dunkle Flecken hervorgetrieben. Hinter der Tür lag ein langer, dunkler Gang, der auf die Straße führte. An beiden Seiten stapelten sich die Fässer mit dem höllischen Wein. Die Kunden der Kneipe bildeten quasi eine Familie, deren Mitglieder sich nur an verschiedenen Holztischen verteilten. Einige waren befreundet, andere kannten sich von der Arbeit her, aber alle verband miteinander die Brüderlichkeit des Orts und der sich Abend für Abend bestätigenden Sinnesgemeinschaft. Dass sie sich hier unterhalten und den höllischen Wein trinken konnten, brachte sie immer wieder zusammen.

Gerade sang man gemeinsam ein Lied, da tauchte in der Tür ein Fremder auf.

Nicht selten geschah es, dass einer von ihnen gefragt wurde: »Warum bevorzugst du gerade die ›Schwarze Katze‹?«

An sich hieß die Kneipe »Der Stern«, aber man hatte sich an »Schwarze Katze« gewöhnt, weil es eine dicke, große schwarze Katze gab, die der dünne, kantige Besitzer, ein Grieche, über alle Maßen liebte und die von den Kunden als Maskottchen empfunden wurde.

»Ich mag diese Kneipe, weil die Stimmung familiär ist und alle vertraut miteinander sind. Außerdem kannst du für einen oder zwei Kirsch fliegen, ohne dass du Flügel hast.«

Die schwarze Katze zog von Tisch zu Tisch, um ein paar Brotstückchen und Happen von Tamija und Fisch zu ergattern. Sie strich an den Beinen entlang, schmiegte sich an die Waden mit einer Zärtlichkeit, die von wohliger Zufriedenheit sprach. Während der griechische Besitzer fast immer an seinem Tisch stand, die Ellbogen aufstützte und mit leblosem Blick ins Nichts schaute, wirbelte der alte Kellner mit dem Wein herum oder füllte die kleinen gerippten Gläser am Zapfhahn voll.

»Es ist die Kneipe, die zu Leuten mit festem Einkommen am barmherzigsten ist.«

Witze und Anekdoten wurden ausgetauscht, Seelen fanden zueinander, weil man sich sein Leid geklagt hatte, und wenn dann jemand, der eine hübsche Stimme zu haben glaubte, ein Lied anstimmte, dann brach über die dunkle, feuchte Kneipe unermessliches Glück herein.

»Man muss mal für eine Stunde die Kinderschar und das zu knappe Geld vergessen.«

»Und Hitze und Fliegen.«

»Und die Welt draußen, hinter dem Fenstergitter.«

»Und man freut sich, die schwarze Katze zu streicheln.«

In den Stunden des Beisammenseins waren die Gemüter heiter gestimmt, von Liebe zu jedem und allem ergriffen, befreit von Fanatismus und Furcht, geläutert von Schreckensbildern wie Krankheit, Alter und Tod; ein jeglicher sah sich so, wie er immer schon zu sein wünschte. Man eilte der Zeit um Jahrhunderte voraus.

Gerade sang man gemeinsam ein Lied, da tauchte in der Tür ein Fremder auf.

Der fremde Mann sah sich um, fand aber keinen freien Stuhl.

Er verschwand im Flur, und als alle meinten, er wäre wieder gegangen, kam er zurück mit einem Stuhl in der Hand – dem Korbstuhl des Griechen. Er stellte ihn genau vor die schmale Tür und setzte sich hin.

Mit düsterem Gesicht war er das erste Mal gekommen, und mit düsterem Gesicht kehrte er wieder zurück und nahm Platz. Er sah niemanden an. In seinen Augen lag ein scharfer, stechender Blick, der aber abwesend zu sein schien, entflohen in eine ferne, unbekannte Welt. Von denen, die den kleinen Raum füllten, nahm er nichts wahr. Er war eine finstere, starke, angstmachende Erscheinung, ähnlich einem Ringer, Boxer oder Gewichtheber. Seine Kleidung entsprach dem Düsteren, das von ihm ausging – schwarzer Pullover, dunkelgraue Hose, braune Schuhe mit Gummisohlen. Das einzig Helle an dieser dunklen Gestalt war eine viereckige Glatze, die den großen, harten Schädel krönte.

Das unverhoffte Erscheinen des fremden Mannes machte die Luft wie elektrisch geladen, ein Schlag, der einen jeden bis ins Innerste traf. Der Gesang verstummte, die Gesichter sahen bedrückt aus, das Lachen erstarb. Die Blicke schwankten zwischen Anstarren und verstohlenem Hinsehen. Aber lange hielt das nicht an. Wenig später hatte man sich vom Schreck über das Auftauchen eines Fremden und über dessen Furcht einflößendes Äußeres erholt, weigerten sich doch alle, sich von ihm den Abend verderben zu lassen. Man machte sich Zeichen, ihn nicht zu beachten, um dem Vergnügen erneut zu frönen. Die Gespräche setzten wieder ein, man lachte und trank. Aber in Wirklichkeit ging der Fremde niemandem aus dem Kopf; keiner brachte es fertig, ihn völlig zu vergessen. Er bedrängte die Gemüter, setzte ihnen zu wie ein schmerzender Backenzahn.

Der Fremde klatschte unangenehm laut in die Hände, sodass der alte Kellner eilte, um ihm den höllischen Wein zu bringen. Im Nu war das erste Glas getrunken, das zweite folgte gleich darauf, und dann bestellte er vier Gläser auf einen Schlag. Er leerte eins nach dem anderen, ließ sich noch einmal das Gleiche bringen. Den anderen wurde wieder ängstlich zumute. Furcht überfiel sie, das Lachen erstarb auf den Lippen. Sie zogen sich ins Schweigen zurück, erfüllt von Sorge. Welch ein Mann! Was er da vom höllischen Wein trank, reichte aus, einen Elefanten umzubringen. Doch er saß da, fest wie ein Granitbrocken, wurde nicht laut und aufgeregt und hatte noch immer dieses versteinerte Gesicht. Was für ein Mann!

Neugierig näherte sich die schwarze Katze, wartete, dass ihr etwas zugeworfen würde. Da sich nichts rührte, strich sie am Bein des Fremden entlang. Doch der stampfte auf, und die Katze sprang zurück, erschrocken über eine solche Behandlung, die sie noch nie erfahren hatte. Der Grieche hob den Kopf, sah sich mit leblosem Gesichtsausdruck im Raum um. Für eine Weile blieb sein Blick auf dem Fremden haften, doch gleich darauf starrte er wieder ins Leere. Der Fremde erwachte aus seiner Reglosigkeit. Er warf den Kopf heftig nach rechts und links, knirschte mit den Zähnen und begann, Unverständliches vor sich hin zu brabbeln – ein Selbstgespräch oder ein Dialog mit einer Person, die nur in seinem Kopf existierte. Er schimpfte und drohte, schwang die Faust, und auf seinem Gesicht zeichnete sich auf abscheuliche Weise Wut ab. Schweigen und Angst lasteten schwer auf dem Raum.

Dann war zum ersten Mal seine Stimme zu hören. Grob klang sie, eher schon wie Gebrüll. »Verflucht! Zusammenstürzen soll alles!«

Er ballte die Fäuste. »Die Berge sollen bersten, und was dahinter ist auch.« Er schwieg. Nach einer Weile begann er wieder zu reden, doch diesmal etwas gedämpfter. »Das genau ist das Problem, in aller Einfachheit und Klarheit.«

Man kam überein, dass es keinen Sinn habe, länger in der Kneipe zu verweilen. Das Beisammensein, auch wenn es gerade erst begonnen hatte, war durch den Fremden an diesem Abend verdorben, also war es besser, in Frieden heimzugehen. Die

Männer hatten sich mit Blicken verständigt, und nun setzte Bewegung ein. Man machte sich bereit, stand auf. Erst jetzt wurde der Fremde auf die Männer aufmerksam. Er wachte aus dem tranceähnlichen Zustand auf, blickte fragend von einem zum anderen. Mit einem Wink der Hand bedeutete er ihnen, stehen zu bleiben. »Wer seid ihr?«

Die Frage wäre es wert gewesen, überhört und geringschätzig aufgenommen zu werden, aber auf den Gedanken kam niemand. Einer der Männer, ermutigt durch sein fortgeschrittenes Alter, wagte zu antworten: »Wir sind hier Stammkunden.«

»Wann seid ihr gekommen?«

»Am frühen Abend.«

»Dann wart ihr schon vor mir da?«

»Ja.«

Er hob die Hand, verwies sie auf ihre Plätze. Mit schneidender Schärfe erklärte er: »Niemand verlässt den Raum.«

Die Männer trauten ihren Ohren nicht. Vor lauter Verblüffung waren ihre Zungen wie gelähmt. Keiner wagte es, ihm die Antwort zu geben, die er verdient hätte. Nach außen hin ruhig, doch im Innern unerhört aufgeregt, sagte der Alte schließlich: »Aber wir wollen gehen.«

Der Fremde bedachte sie mit einem drohenden Blick. »Wer keinen Wert mehr auf sein Leben legt, kann vortreten.«

Da war niemand, der auf sein Leben verzichten wollte. Verwirrt und aufgeregt sahen sich die Männer an.

»Was haben Sie dagegen, dass wir gehen?«, fragte der Alte.

Höhnisch schüttelte der Fremde den Kopf. »Versucht ja nicht, mich zu täuschen. Ihr habt alles gehört.«

Erstaunt stieß der Alte hervor: »Ich versichere Ihnen, dass wir nichts gehört haben.«

»Versucht nicht, mich zu betrügen«, brüllte der Fremde los. »Ihr wisst über die Geschichte Bescheid!«

»Wir haben nichts gehört, und wir wissen auch nichts.«

»Verlogene Betrüger!«

»Wirklich, Sie müssen uns glauben.«

»Schwachsinnigen Säufern soll ich glauben?«

»Sie beschimpfen unschuldige Menschen und vergehen sich an ihrer Ehre.«

»Wer nicht am Leben hängt, soll vortreten.«

Die Männer begriffen, dass die Situation nur noch mittels Gewalt zu lösen war. Da sie aber nicht die Kraft dazu hatten, sahen sie sich angesichts seiner Furcht einflößenden Blicke gezwungen, sich wieder zu setzen. Mit unterdrückter Wut und dem Gefühl, noch nie dermaßen erniedrigt worden zu sein, kehrten sie auf ihre Plätze zurück.

»Wie lange sollen wir hier bleiben?«, fragte der Alte.

»Bis der rechte Zeitpunkt gekommen ist.«

»Und wann wird das sein?«

»Halts Maul und warte ab.«

Die Zeit verstrich in schmerzhafter Anspannung. Von Sorge und Kummer gequält, verflog der Rausch aus den Köpfen. Selbst die schwarze Katze spürte, dass etwas Bedrohliches in der Luft lag. Sie sprang auf den Fenstersims, zog die Vorderpfoten unter den Kopf und blieb, den Schwanz zwischen den Gitterstäben hängen lassend, mit geschlossenen Augen liegen. Etliche Fragen setzten den Männern zu: Wer war der Fremde? War er betrunken? Verrückt? Was für eine Geschichte meinte er, als er sie beschuldigte, zugehört zu haben? Während der Grieche sein lebloses Schweigen beibehielt, bediente der Kellner weiter, als hätte er nichts gesehen und gehört.

Der Fremde sah die Männer hämisch und belustigt an, bevor er drohte: »Wenn jemand auf die Idee kommt, mich zu betrügen, werde ich euch alle gnadenlos bestrafen.«

Dass er wieder zu sprechen begann, machte den Männern etwas Mut. Treuherzig wagte der Alte zu sagen: »Ich schwöre Ihnen, wir alle schwören Ihnen …«

Der Fremde schnitt ihm das Wort ab. »Bei was würdet ihr denn schwören, wenn ich euch dazu aufforderte?«

Leise Hoffnung regte sich in den Herzen. »Bei was Sie wollen«, stieß der Alte inbrünstig hervor. »Bei unseren Kindern, bei Gott, dem Erhabenen.«

»Für Kunden einer solch miesen Kneipe wie der hier gibts nichts, was ihnen heilig ist.«

»Wir sind nicht das, wofür Sie uns halten. Wir sind rechtschaffene Väter und aufrichtige Gläubige. Dass wir hier sitzen, steht dem nicht entgegen. Vielleicht brauchen wir sogar diese Kneipe, um die bedrückte Seele zu erleichtern.«

»Elende Schurken!«, brüllte der Fremde. »Ihr träumt davon, ohne eigene Anstrengung zu Schlössern zu kommen, nur weil ihr auf gemeine Weise die Geschichte für euch ausbeuten wollt!«

»Bei Gott, dem Erhabenen, schwören wir Ihnen, dass wir von einer Geschichte nichts gehört und nicht die geringste Ahnung haben.«

»Wer von euch ist schon ohne Geschichte, ihr Feiglinge!«

»Sie haben nicht gesprochen, nur Ihre Lippen haben sich bewegt. Kein Ton kam heraus.«

»Versuche nicht, mich zu betrügen, du alter Schwachkopf.«

»Sie müssen uns glauben! Lassen Sie uns in Ruhe.«

»Wehe, ihr bewegt euch! Wehe, ihr versucht, mich zu betrügen. Wenn das geschieht, zerschmettere ich euch die Schädel und baue damit eine Barrikade, die den Gang versperrt.«

Wahrhaftig, er konnte einem Angst machen. Dass er sich auch vor etwas fürchtete, konnte das unheilvolle Schicksal nur noch verschlimmern. Mit der Unaufhaltsamkeit der eisigen Erstarrung eines toten Körpers bemächtigte sich die Verzweiflung ihrer Herzen. Obwohl der Fremde noch immer weitertrank, war er weder betrunken noch müde und schlapp. Da saß er – stark, hart, stählern wie die Fenstergitter – vor dem einzigen Ausgang, den es gab.

Entmutigt sahen sich die Männer an. Wann immer sich hinter dem Fenster der Umriss einer menschlichen Gestalt zeigte, glomm Hoffnung in den Seelen auf, auch wenn sie regungslos verharrten. Selbst die Katze schien sie völlig vergessen zu haben, gab sie sich doch einem angenehmen Schläfchen hin. Einer der Männer hielt es nicht länger aus und fragte flehentlich: »Kann ich auf die Toilette?«

»Bin ich etwa deine Amme?«, schrie der Fremde wütend.

Der Alte stöhnte. »Es kann doch nicht sein, dass wir hier bis zum Morgen bleiben.«

»Ihr könnt von Glück reden, wenn ihr den Morgen erlebt.«

Alles Reden war sinnlos. Der Kerl war verrückt oder wurde gesucht, vielleicht traf auch beides zu. Möglich, dass er eine Geschichte am Hals hatte, möglich, dass da auch gar nichts war. Sie blieben seine Gefangenen, obwohl sie in der Überzahl waren. Er besaß unerhörte Kraft, sie waren schwach und ohne Entschlossenheit. Gab es keine Möglichkeit, Widerstand zu leisten? Eine Gegenwehr, in welcher Form auch immer?

Man tauschte Blicke, die Sorge war einem jeden deutlich anzusehen. Geflüster kam auf, nicht hörbar für den Fremden.

»Was für ein Unglück.«

»Was für Schmach.«

»Was für Schande.«

Doch da, was war das? Blitzte da ein Lächeln auf? War es wirklich ein Lächeln? »Ja, warum nicht? Die Situation ist doch komisch.«

»Komisch?«

»Betrachtet sie einen Moment lang mit Abstand, dann werdet ihr sie zum Totlachen finden.«

»Meinst du?«

»Ich fürchte, gleich in schallendes Gelächter auszubrechen.«

Schon etwas lauter meinte der Alte: »Und denkt dann, wir haben noch viel Zeit bis zur üblichen Stunde der Heimkehr.«

»Aber das ist doch keine lustige Feier mehr?«

»Weil wir ohne jeden Grund damit aufgehört haben.«

»Ohne jeden Grund?«

»Ich meine, dass es keinen Grund gibt, jetzt nicht weiterzumachen.«

»In der Stimmung?«

»Lasst uns für eine Weile die Tür vergessen, mal sehen, was dann geschieht.«

Keiner war für den Vorschlag, aber es lehnte ihn auch niemand ab. Unter den Augen des Fremden ließ man den höllischen Wein kommen. Die Männer begannen zu saufen, bis sich ihnen die Köpfe drehten. Der Rausch trug sie fort in leichte Gefilde, wo die Sorgen wie durch Zauber entschwanden und das Lachen ganz leichtfiel. Die Männer tanzten auf den Stühlen, riefen sich Witzchen zu und sangen im Chor: »Ein Fest der Freude steht uns bevor …«

Während der ganzen Zeit sah niemand zur Tür, ja, sie hatten sie völlig vergessen. Die schwarze Katze wachte auf und machte wieder ihren Rundgang von Tisch zu Tisch und Bein zu Bein. Die Männer tranken voller Gier, vergnügten sich voller Gier, lärmten voller Gier – es war, als wollten sie gierig die letzte Nacht genießen. Es geschah das Wunder, dass sich die Gegenwart entfernte, einzog ins Reich des Vergessens, sich die Erinnerung auflöste, abschüttelnd alles Verborgene, das in den Zellen gespeichert war. Keiner kannte mehr seinen Freund. In der Tat, es war ein höllischer Wein. Und dennoch, ja, dennoch …

»Wo sind wir?«

»Sagst du mir, wer wir sind, sage ich dir, wo wir sind.«

»Hat nicht jemand gesungen?«

»Oder eher geweint, wenn ich mich recht erinnere?«

»Da gings doch um eine Geschichte. Bloß wie war die?«

»Die schwarze Katze ist wenigstens etwas, was man anfassen und spüren kann.«

»Genau, die schwarze Katze ist der rote Faden, der uns zur Wahrheit führt.«

»Wir sind ihr schon näher.«

»Diese Katze war zur Zeit unserer Vorfahren ein Gott.«

»Und eines Tages hat sie sich an die Tür einer Zelle gesetzt und das Geheimnis der Geschichte verkündet.«

»Hat mit Unheil gedroht.«

»Aber wie geht die Geschichte?«

»Ursprünglich war sie ein Gott, der dann in eine Katze verwandelt wurde.«

»Aber die Geschichte?«

»Wie kann eine Katze sprechen?«

»Hatte sie uns die Geschichte nicht erzählt?«

»Bestimmt, aber wir haben unsere Zeit mit Weinen und Singen vertan.«

»Nun halten wir schon mehrere Fäden in den Händen, die uns helfen, die Wahrheit zu erwischen.«

Die Stimme des alten Kellners übertönte den Lärm, denn plötzlich schrie er jemanden an, schimpfte und drohte. »Wach auf, du fauler Hund, sonst schlage ich dir den Schädel ein!«

Ein Mann, groß und gewaltig, kam zerknirscht, mit gesenktem Kopf herbeigeeilt, räumte die Gläser und Schüsseln weg, wischte die Tische ab und hob vom Boden die Reste auf. Er arbeitete, ohne ein Wort zu sagen oder jemanden anzusehen. In tiefe Trauer gehüllt, standen ihm Tränen in den Augen.

Die Männer beobachteten ihn voller Mitleid.

»Was ist los?«, fragte ihn einer, doch der Mann drehte sich nicht um, sondern arbeitete schweigend und traurig weiter.

»Wann und wo habe ich diesen Mann gesehen?«, überlegte der Alte laut.

Der Mann, bekleidet mit schwarzem Pullover, dunkelgrauen Hosen und braunen Schuhen mit Gummisohlen, ging hinaus in den Gang, und erneut fragte der Alte: »Wann und wo habe ich diesen Mann gesehen?«

Anbar Lulu

Mitten im Südflügel des Parks befand sich ein Pavillon aus Baumwurzeln, er hatte die Form einer Pyramide und war rings von Jasmin umgeben. In diesem Pavillon wartete ein Mann, ein Mann in den besten Jahren und von schlanker Figur. Obschon sein Haar weiß schimmerte, verrieten seine Gesichtszüge noch immer jugendliche Frische. Er sah auf seine Armbanduhr und blickte dann in den weiträumigen Park. Durch die Jasminzweige traf ein goldener Strahl der langsam über dem Nil sich neigenden Sonne auf sein Gesicht. Da tauchte das junge Mädchen auf. Über das Mosaik des Hauptweges kam es an den Pavillon heran. Als es durch den niedrigen Eingang eintrat, bückte es sich etwas. Es ging auf den Mann zu, braunhäutig und mit grünen Augen. Sie gaben einander die Hand. Dann sagte sie sanft und um Verzeihung bittend: »Ich schäme mich.«

Der Mann beruhigte sie freundlich: »Ich freue mich, dass Sie gekommen sind.«

»Ich habe nicht das Recht, Ihnen die Zeit zu stehlen.«

»Es ist keine verlorene Zeit, die man für ein ernsthaftes Gespräch opfert.«

»Danke, Sie sind sehr gütig.«

Er wies auf die Bank und lud sie ein, sich zu setzen. Als er sich neben ihr niedergelassen hatte, begann sie: »Ich hätte nicht den Mut gehabt, Sie hierher zu bitten, aber ich wusste mir keinen anderen Rat.«

»Es geht jedem einmal so. Allerdings, wer Sie im Büro sieht, glaubt kaum, dass Sie Sorgen haben.«

»Man soll sich nicht vom Schein täuschen lassen.«

Er nickte zustimmend, und sie fuhr fort: »Ich habe mich lange gefragt, an wen ich mich wohl wenden könnte, bis Sie mir einfielen.«

»Aber bitte, wer würde Ihnen nicht gern helfen.«

Sie zögerte einige Augenblicke lang: »Nun ja, Sie kennen mich nur als Kollegin in der Verwaltung. Aber Sie sollen wissen, wie es um mich steht. Ich komme mir so vor, als sei ich unter ständiger Qual in ein ewiges Gefängnis gezwungen.«

»Das ist doch sicher übertrieben. Aber schütten Sie mir ruhig Ihr Herz aus, wir werden ja sehen.«

»Nein, es ist wirklich so. Hören Sie wenigstens ein Stück von meiner Tragödie an. Ich bin Vollwaise und habe drei jüngere Geschwister, wir leben im Hause unseres Stiefvaters.«

»Eine schwierige Sache.«

»Er ist ein eigensinniger, zänkischer Mann.«

»Ist er ein alter Mann wie ich?«

»Nein, älter, und er liebt uns nicht.«

»Und haben Sie auch Stiefgeschwister?«

»Nein, er hat keine eigenen Kinder.«

»Dann sollte er eigentlich zu euch lieb sein.«

»Das ist es ja. Aber er gab mir bereits nach dem Tode meiner Mutter zu verstehen, dass ich allein für meine Geschwister zu sorgen hätte.«

Eine kurze Zeit lang schwieg sie, dann fuhr sie nachdenklich fort: »Vielleicht war diese Entscheidung nicht einmal unvernünftig.«

»Nein, aber zumindest unbarmherzig.«

»Ach, ich möchte gar nicht auf seine Barmherzigkeit angewiesen sein!«

»Das verstehe ich.«

»Er gewährt uns Unterkunft und einige Unterstützung, allerdings hält er das für gestundete Schulden.«

Der Mann nickte stumm mit dem Kopf.

Sie seufzte auf. »Vielleicht können Sie sich jetzt ein Bild machen, wie ich lebe. Tatsache ist, dass mir nicht einmal so viel Geld bleibt, um mich zu kleiden wie die anderen jungen Mädchen, die einem Beruf nachgehen.«

»Und wie ein junges Mädchen in der Blüte seiner Jahre.«

»So vergehen meine Tage traurig und öde und unter einer strengen Aufsicht, die kein Erbarmen kennt, ohne jede Hoffnung auf eine bessere Zukunft.«

Der Mann versuchte zu beschwichtigen: »Sie sollten nicht so schwarz für Ihr Leben sehen!«

»Auch wenn es so verläuft, wie ich es Ihnen geschildert habe?«

»Ja, auch dann!«

Darauf fragte er, und es schien fast, als spräche er zu sich selbst: »Wer kann mit Sicherheit sagen, was das Morgen birgt?«

Sie hob die Schultern, und ohne auf seinen Gedanken einzugehen, klagte sie weiter: »Und plötzlich fühle ich, wie die Zeit verfliegt. Mitten in einem Leben des Verzichts und der Bitterkeit beginnt die Zeit mich zu peinigen.«

»Aber Sie haben doch das Leben noch vor sich!«

»Ich bin immerhin vierundzwanzig Jahre alt.«

»Das ist die Blüte der Jugend.«

»Ach, in meiner Lage ist das schon eine Stufe der Vergreisung.«

»Sie dürfen nicht übertreiben! Auch sind Sie nicht die Einzige in unserem Lande, der es so geht. Es gibt viele ähnliche Fälle, auch wenn die Umstände und die Ursachen andere sind.«

Sie warf ihm einen rätselhaften Blick zu. »Aber ich habe Ihnen von der eigentlichen Schwierigkeit noch nichts erzählt. Etwas, was mich Tag und Nacht verfolgt. Denn an das, was ich eben erzählt habe, kann man sich gewöhnen so wie an eine Krankheit, die man schließlich übersteht.« Der Mann hob fragend die Augenbrauen, und sie sagte: »Ich spüre meine Jugend nicht mehr nur als eine Zeit, die ungenutzt verfliegt, sondern als treibende, mehr noch: als eine überwältigende Kraft, als ein heiliges Geschenk und ein göttliches Recht.«

Der Mann blickte wie benommen in ihre leuchtend grünen Augen, und sie fuhr hingerissen fort: »Ich fühle mich getrieben von einem Ding zum anderen, zu allen Dingen, zum Dasein insgesamt.« Dann, mit gesenktem Blick und einem Ton, der bedrückt war von Kummer und Schmerz: »Ich möchte tanzen und singen und fröhlich sein!«

Der Mann verkroch sich in sein Schweigen und presste nachdenklich die Lippen zusammen.

Sie wartete eine Weile, dann bemerkte sie: »Vielleicht hat Sie meine Offenheit überrascht!«

Er brach sein Schweigen nicht, so fuhr sie fort: »Sie haben das nicht erwartet. Dass wir anders scheinen, als wir sind, ist uns ja zur alltäglichen Gewohnheit geworden. Aber was hätte unser Gespräch für einen Sinn, wenn ich Ihnen nicht anvertraute, wie es wirklich um mich steht?«

Der Mann murmelte vorsichtig: »Ich danke Ihnen für so viel Offenheit.«

»Ich musste über das sprechen, was mich bewegt, ich hätte es anders nicht länger ertragen, aber ich musste erst jemanden finden, dem ich mich anvertrauen konnte. Sie sind mir immer wieder eingefallen. Sie sind ein ernsthafter und beliebter Mann, genießen einen guten Ruf und haben eine rühmliche Vergangenheit. Sie waren selbst dazu verurteilt, ein Opfer zu sein, und können am besten ermessen, was es heißt, Opfer auf sich nehmen zu müssen.«

»Oh, ich danke Ihnen für Ihre hohe Meinung.«

»Ich habe zwar zwei gute Freundinnen in der Verwaltung, aber ihre Ratschläge halfen mir nicht weiter.«

»Haben Sie zu ihnen so offen gesprochen wie zu mir?«

»Nein, aber ich habe sie in ernsten und wichtigen Dingen um ihre Meinung gebeten.«

»Und was haben sie Ihnen geraten?«

»Die eine konnte sich offenbar gar nicht in meine Lage versetzen.«

»Wie soll ich das verstehen? Sprechen Sie deutlicher!«

»Ich möchte jetzt nicht darüber reden.«

»Und die andere?«

»Sie ist ganz sonderbar. Sie tröstete mich damit, dass es mir nicht allein so gehe, auch wenn mir das so schiene, und dass es einen Ausweg nur gäbe, wenn allen, die ein gleiches Schicksal erleiden, geholfen würde. Wir müssten unser Denken von Grund auf ändern, um eine allgemeine und umfassende Veränderung herbeizuführen.«

Er lächelte: »Ihre Meinung ist nicht neu für mich. Aber was haben Sie ihr geantwortet?«

»Wir haben uns danach nur noch kurze Zeit gesehen, denn sie wurde plötzlich verhaftet.«

»Ich weiß jetzt, wen Sie meinen. Ist es nicht unsere frühere Kollegin aus der Buchhaltung?«

»Ja, und so blieb mir niemand, an den ich mich hätte wenden können, außer Ihnen.«

Er sagte mit väterlichem Ton: »Sie sehen das alles viel zu schwarz. Sie haben vergessen, dass Sie vielleicht schon morgen oder übermorgen einen Mann kennenlernen und heiraten können.«

»Solche Männer gibt es im Überfluss.«

»Und Sie haben noch nicht gewählt?«

»Nein, es sind alles junge Beamte, die genauso gestellt sind wie ich. Entscheide ich mich für einen von ihnen, müsste ich meine Geschwister verlassen. Ganz abgesehen davon, was eine Heirat kostet und was für Probleme sie mit sich bringt.«

Der Mann ließ nicht locker: »Aber es ist doch möglich, dass eines Tages ein reicher Bräutigam auftaucht, der alle Kosten übernimmt und auch dafür sorgt, dass Sie mit Ihrem Gehalt nicht mehr für Ihre Geschwister aufzukommen brauchen.«

»Das ist ein Traum, aber kein Bräutigam.«

»Manchmal werden Träume Wirklichkeit.«

»Aber ich will nun einmal mein Leben nicht auf Träumen aufbauen. Um mich ist tödliche Leere und Hoffnungslosigkeit, aber ich brenne vor Sehnsucht nach Leben und Glück. Mit einem Wort, ich wünsche mir aus tiefstem Herzen, zu tanzen, zu singen und fröhlich zu sein.«

Der Mann war wieder ratlos und schwieg, so gestand sie ihm: »Das ist meine eigentliche Schwierigkeit.«

Da er weiterhin stumm blieb, fuhr sie fort: »Wie bin ich glücklich, dass ich mir das alles von der Seele reden durfte!«

Er fing an, unverständliche Worte zu murmeln, da lächelte sie: »Natürlich möchte ich gern, dass Sie zu allem nicht nur schweigen.«

Er gab sich einen Ruck. »Wissen Sie, nach allem, was ich durchgemacht habe, gehe ich davon aus, dass grundsätzlich alle Wege offen sind.«

»Aber für mich sind alle Wege versperrt.«

»Es gibt immer noch …«

»Ich möchte, dass Sie es auch so ansehen, mir zuliebe. Ich habe mich an Sie gewandt, weil ich litt und weil ich nicht mehr an Träume und Wunder glaube.«

»Schön, dennoch gibt es so etwas wie die Ehre, die man nicht verletzen darf.«

»Die Ehre?«

»Ich meine, auch Sie, die ich sehr verehre, müssen sich verhalten, wie es sich für ein junges Mädchen eben schickt.«

Sie begehrte auf: »Mit Ratschlägen, wie man sie überall zu hören bekommt, bin ich vollgestopft bis obenhin.«

»Nun gut, was hatten Sie von mir anderes erwartet? Etwa, dass ich es gutheiße, wenn Sie sich in Gefahr begeben?«

»Ja!«

Der Mann fragte bestürzt: »Sind Sie nicht zu mir gekommen, weil Sie mir wegen meiner Vergangenheit und meines guten Rufes vertrauten, von dem Sie vorhin sprachen?«

»Doch, ja.«

»Und trotzdem haben Sie angenommen, dass ich meinen Segen gebe, wenn Sie Unheil anrichten wollen?«

Sie zuckte mit den Schultern.

Der Mann lachte, ohne es zu wollen: »Also wirklich, ich verstehe Sie nicht …«

»Aber meine Worte waren doch sonnenklar.«

»Tanzen, singen und fröhlich sein?«

»Was ist dabei?«

»Dann sagen Sie mir, was Sie von mir erwarten?«

»Sie sollen mir klarmachen, dass das Trinken zu den normalen Dingen des Lebens zählt und kein verbotener Genuss ist.«

»Aber es wird dazu, ob wir es wollen oder nicht.«

»So bleibt mir also nichts, als geduldig zu warten, bis ich verwelke, vertrockne und sterbe?«

»Nein, bis es für Sie keine Sorgen mehr gibt …«

»Das sind Worte, nichts als Worte, sie kosten Sie nichts, mich aber kosten sie mein Leben.«

Er überlegte, wie er ihren hartnäckigen Fragen ausweichen könnte. »Erzählen Sie mir, was Ihnen Ihre andere Freundin geraten hat? Ich meine die, die nicht verhaftet wurde?«

»Ich habe mit ihr gesprochen, nachdem mir ein junger Mann einen Antrag gemacht hatte. Sie forderte mich auf, ohne Zaudern zuzustimmen. Und als ich meine Geschwister erwähnte, meinte sie, niemand habe das Recht, zu verlangen, dass ein anderer in dieser kurzlebigen Welt sich für ihn opfere.«

Der Mann schüttelte verwundert den Kopf und schwieg. Da beteuerte sie: »Es kommt gar nicht infrage, dass ich meine Geschwister opfere!«

»Wie edelmütig Sie sind!«

»Aber es ist doch mein gutes Recht, das Leben lieben und genießen zu wollen …«

»Ja, aber wenn wir dabei die Achtung vor uns selbst verlieren, dann ist uns nichts mehr heilig!«

»Achtung, Ehre – wer hat sie geschaffen? Haben Sie nicht gehört, was man von den jungen Mädchen in Europa erzählt?«

»In Europa führen sie ein anderes Leben als wir, aber ich weiß zu wenig, um darüber urteilen zu können.«

»Dort haben sie bewiesen, dass man mit alten Traditionen fertig werden kann und dabei nicht zu opfern braucht, was dem Menschen wertvoll ist.«

»Ich sagte doch schon, dass ich das nicht beurteilen kann.«

»Sie wollen das nur nicht wahrhaben!«

»Nein, ich rede nun einmal nur über das, wovon ich etwas verstehe.«

»Ich fürchte, Sie wollen mir vielmehr ausweichen, um keine Verantwortung für etwas tragen zu müssen, was Sie auf Ihrem ruhigen Weg stört.«

»Nein, ich wünschte von ganzem Herzen, Ihnen helfen zu können.«

Sie bat ihn: »So raten Sie mir zu etwas ganz anderem, Neuem.«

»Zu etwas Neuem?«

»Ja, ich vertraue dem Althergebrachten nicht mehr. Ich habe mein Elend aus der Vergangenheit ererbt, deswegen verabscheue ich alles, was von ihr herrührt. Raten Sie mir zu etwas ganz Neuem, auch wenn das schließlich all dessen spottet, was Sie als Ehre und Ansehen bezeichnet haben.«

»Aber ich habe Ihnen offen erklärt, an was ich glaube.«

»Sie sind ein ungewöhnlicher Mann. Sie müssen den Kopf voller neuer Ideen haben, Ideen, die nicht von unseren Vätern stammen oder sich nach ererbten Gewohnheiten richten.«

»Ach was, für mich gilt nur, immer meiner Natur treu zu bleiben.«

Sie sah ihm mutig in die Augen. »Es kommt mir manchmal so vor, als sei ein zeitgemäßes Laster tugendhafter als eine gute Tat, die schon so oft geschehen und dadurch abgenutzt und wertlos geworden ist.«

»Meine Güte, was geht in Ihnen vor, was ist das für ein Aufruhr in Ihrer zarten schönen Seele!«

»Ich fühle, wie mir das Leben aus den Händen gleitet, wenn ich stets nur die abgedroschenen Phrasen zu hören bekomme, die Sterbende immer wieder vor sich hin sprechen.«

»Sie machen eine Krise durch, Ihre Geduld ist am Ende.«

»Glauben Sie mir, unser Leben ist wie ein alter verfallener Wakf, über den die testamentarischen Verfügungen längst Verstorbener bestimmen.«

»All das sagen Sie nur, weil Sie tanzen, singen und fröhlich sein möchten?«

»Weil ich mein Leben leben möchte.«

»Vielleicht wollen Sie morgen Menschen töten, Brände legen, Mauern niederreißen?«

Sie lachte fröhlich: »Tatsächlich möchte ich meinen Stiefvater am liebsten umbringen, und ich wünschte, dass alle verbrennen, die mich verurteilen, weil ich angeblich vom rechten Weg abgeirrt bin, und die Mauern des Verwaltungsgebäudes würde ich gern niederreißen.«

Der Mann lächelte und blickte sie mit väterlichem Wohlwollen an: »Vielleicht kommt das von der Liebe?«

»Wie bitte?«

»Vielleicht ist es eine unglückliche Liebe, die Sie so in flammenden Aufruhr versetzt!«

»Zurzeit kenne ich keinen Mann, den ich liebe. Ich habe mich schon ein paar Mal verliebt und bin immer wieder enttäuscht worden. Was ich jetzt liebe, ist die Liebe an sich.«

»Oh, erzählen Sie mir, was verstehen Sie unter Liebe!«

Sie zuckte verächtlich mit den Schultern. »Sie kennen die Liebesgeschichten junger Leute und wissen, wie sie enden. Bei mir war es nicht anders. Dann schwärmte ich für einen Schauspieler. Immer wenn sich jemand für mich interessierte, glaubte auch ich, ihn zu lieben, und meine Liebe war jedes Mal erloschen, wenn er mich wieder verließ.«

»Und im Augenblick, gibt es da etwas?«

»Ja, die größte Liebesgeschichte überhaupt – die Liebe zur Liebe.«

Sie blickten sich lange an, dann fragte sie ihn: »Wozu raten Sie mir, Sie edler Herr?«

Er lächelte: »Nun, zu Tanz, Gesang und Fröhlichkeit und zu Mord, Brandstiftung und Zerstörung.«

»Ach Sie, jetzt wollen Sie sich über mich lustig machen!«

»Gott behüte, aber wenn ich mich in Sie versetze, was kann ich dann anderes raten.«

»Wirklich?«

»Was für eine Ähnlichkeit besteht doch zwischen uns!«

»Worin?«

»Na, zumindest im Unglück!«

Das machte sie neugierig. »Ich habe viel von Ihnen gehört.«

Er ging nachdenklich darauf ein: »Auch ich besaß einmal eine blühende Jugend und malte mir eine verheißungsvolle Zukunft aus.« Dann lächelnd: »Damals wollte ich ein Revolutionär werden, mit dem Volke gehen.« Er schwieg einen Augenblick lang, bis er weitermurmelte: »Und mir war das nicht genug, ich arbeitete sogar im Untergrund.« Endlich fuhr er fort und wischte das Folgende gleichsam mit einem Lächeln weg: »Dann verbrachte ich fünfundzwanzig Jahre meines Lebens im Gefängnis.«

»Zuerst wurde ich durch ein Gespräch zwischen einigen Kollegen in der Verwaltung auf Sie aufmerksam. Sie redeten über Sie und sagten: ›Dieser Mann ist einer unserer Helden aus der Vergangenheit.‹«

»Der Held kam aus dem Gefängnis, als er über fünfzig war. Weil einige mit mir Mitleid hatten, wurde ich Beamter mit dem Gehalt eines Anfängers. Es wird nicht mehr lange dauern, dann werde ich den Dienst quittieren, ohne pensionsberechtigt zu sein. Für mich gab es keine Liebe, keine Ehe, keine Familie. Wenn ich noch länger lebe, bleibt mir nur übrig, zu vagabundieren und zu hungern.«

»Ein wahrhaft heldenhaftes Leben!«

»Deswegen sagte ich, dass zwischen uns große Ähnlichkeit besteht.«

»Dennoch Sie sind ein Held!«

»Niemand denkt heute mehr an mich.«

Leises Gelächter drang zu ihnen in den Pavillon und wurde immer deutlicher. Ein junges Mädchen und ein junger Mann kamen herein und umarmten sich schnell und leidenschaftlich. Das junge Mädchen legte den Kopf an die Schulter des jungen Mannes und schloss die Augen. Sie drehte den Kopf. Als sie die Augen öffnete, fiel ihr Blick auf den Mann und das braunhäutige Mädchen mit den grünen Augen. Sie lächelte mit unmerklicher Verwirrung, dann nahm sie ihren Geliebten an der Hand, und gemeinsam verließen sie den Pavillon. Das braunhäutige Mädchen brach in ein Lachen aus, der Mann lächelte.

Sie fragte ihn: »Warum haben Sie vorgeschlagen, dass wir uns in diesem Park treffen?«

»Ich bin früher öfter hier gewesen.«

»Und Sie wissen nicht, was heute hier geschieht?«

»Nein, wir haben ihn manchmal als Versteck benutzt, von dem aus wir unsere Gegner überfielen.«

Sie erhob sich behände, nahm ihn am Arm und ging mit ihm zur Wand des Pavillons. Dort suchte sie eine Lücke zwischen den Jasminzweigen, blickte hindurch und forderte ihn auf, das Gleiche zu tun. So schauten sie gemeinsam, dicht nebeneinanderstehend, und der Mann staunte.

Sie flüsterte ihm ins Ohr: »Sehen Sie in den Park!« Dann, ein Lachen unterdrückend: »Er steckt voller Liebespaare!«

»So sehr, dass man es sich kaum vorstellen kann!«

»Man kann sich alles vorstellen, wenn man sich vom Würgegriff des traditionellen Denkens frei gemacht hat.«

Er war sichtlich erregt. »Sehen Sie sich diese Sünderin an!«

»Sie ist trunken vor Liebe!«

»Und das ist ein öffentlicher Park?«

»Ja, er hat nur den einen Fehler, dass er dem Paradies gleicht.«
»Das ist die Zeit der Rosen!«
»Für wen, für den Park?«
»Für diese Sünderin!«
»Ich glaube, ihr flößt kein Stiefvater Schrecken ein, und ihr droht kein Gefängnis.«
Als hätte es ihm den Atem verschlagen, kehrte der Mann hastig zu seinem Platz zurück. Das Mädchen trat ein paar Schritte in die Mitte des Pavillons. Sie stand da, als wollte sie ihren anmutigen Körper zur Schau stellen. Mit einer tänzerischen Bewegung drehte sie sich zweimal um sich selbst. Er fragte sie, ohne seine Selbstbeherrschung wiedergefunden zu haben: »Warum haben Sie sich ausgerechnet mich ausgesucht?«
»Weil Sie ein Mann sind, der die Blüte seines Lebens im Gefängnis verbracht hat.«
»Und deshalb glauben Sie, ausgerechnet bei mir tollkühne Ansichten zu finden?«
»Ich hatte mir gedacht, dass mich nur ein Mann vor dem Tode retten kann, der selbst mit dem Tod gespielt hat.«
»Das ist doch wohl ein Scherz!«
»Aber nein, bei wem sollte ich sonst eine Meinung finden, die eines Helden würdig ist.«
Er zögerte einen Moment, dann fragte er sie: »Fürchten Sie nicht, dass ich mich in Sie verlieben könnte?«
»Nein, da habe ich gar keine Angst.«
Der Mann schüttelte hilflos den Kopf. Sie setzte sich wieder neben ihn auf die Bank und wollte wissen: »Gibt es denn in Ihrem Leben keinerlei Ablenkung?«
Er antwortete gleichgültig: »Ich lese viel und gehe von Zeit zu Zeit ins Kino.«
»Und Sie leben allein?«
»Ja, ich habe keine Angehörigen in Kairo.«
»Haben Sie denn keine Freunde?«
»Ich hatte welche, die einen fielen während der Revolution,

und mit den anderen, die sich eines Tages im Ministersessel niederließen, verbindet mich nichts mehr.«

»Und Frauen, gibt es in Ihrem Leben keine Frauen?«

»Ihre Saison ist bei mir vorüber.«

Sie dachte kurz nach: »Ich möchte Ihnen ein Geheimnis anvertrauen.«

In diesem Moment waren mehrere laute Schüsse zu hören. Der Mann schrak zusammen, das Mädchen zitterte.

»Was ist los?«

»Schüsse aus einem Schnellfeuergewehr.«

»Wieso das? Warum nur?«

»Ich weiß es nicht ...«

»Ein Überfall?!«

»Aber die Alarmsirene war noch nicht zu hören, vielleicht ist es nur eine Übung.«

Es war still. Sie lauschten immer noch angespannt und voller Unruhe.

Sie fragte: »Ob sich das wiederholt?«

»Ich weiß es nicht ...«

»Ob der Krieg wieder beginnt?«

»Wer weiß!«

»Man spricht immerzu davon.«

»Aber das Gerede endet da, wo es angefangen hat.«

»Denken Sie oft daran?«

»Schon, es geht uns alle an und betrifft unser Schicksal.«

Beide verharrten für eine Weile in Schweigen. Dann sagte er: »Die Schießerei wühlt mein Inneres auf. Ich bin ganz durcheinander. Aber lassen wir das! Sprachen Sie nicht gerade von einem Geheimnis?«

Sie lächelte: »Ja ... es gibt da ein Geheimnis.«

Er blickte sie neugierig an.

So sagte sie: »Es gibt doch einen Mann in meinem Leben.«

»Ach, wirklich?«

»Einen reichen jungen Mann aus Tanta!«

»So wird der Traum Wirklichkeit.«

»Nein, er ist verheiratet.«

»Was ist er von Beruf?«

»Kaufmann.«

»Sind Sie denn damit einverstanden, die zweite Frau zu werden?«

»Er verabscheut den Gedanken, mit mehreren Frauen verheiratet zu sein.«

»Wird er sich denn von seiner Frau scheiden lassen?«

»Er denkt nicht an Scheidung.«

»Was will er dann?«

»Er liebt mich.«

»Der Lügner!«

»Ich glaube, er ist aufrichtig.«

»Wird er … wird er …«

»Wir haben uns zweimal in einer Teestube getroffen.«

»Und was soll nun werden?«

»Er will, dass ich mich ein drittes Mal mit ihm treffe.«

»Aber schickt sich das denn?«

»So sind wir wieder am gleichen Punkt angelangt.«

»Es ist offensichtlich, dass er mit Ihnen nur flirten will.«

»Oder dass ich mit ihm flirte.«

»Bleiben Sie so unschuldig, wie Sie jung sind!«

»Er erzählte mir einmal ganz nebenbei von einer Wohnung, die er besitzt, bei den Pyramiden.«

»So ein Schamloser!«

»Ich bin noch ganz unschlüssig.«

Er brauste auf. »Was soll denn das ganze Theater von Tanzen, Singen und Fröhlichsein!«

»Ich möchte nicht, dass Sie böse werden …«

Sie beugte sich zu ihm hinüber und küsste ihn auf die Stirn. Er sah sie mit leidenschaftlicher Fürsorge an.

Sie bettelte: »Und Sie können mir gar keinen Rat geben?«

»Wozu kann ich Ihnen schon raten? Sie müssen so lange Geduld haben, bis die Freude zu Ihnen kommt, auch ich muss ausharren, bis mich der Tod wegrafft.«

Sie stand auf. »Danke, dann muss ich also gehen ...«

Er wollte es nicht wahrhaben und rief: »Sie gehen?«

»Ja, schließlich kann ich nicht für immer hier bleiben.

»Und Sie gehen zu dem reichen jungen Mann aus Tanta.«

»Nein, heute bin ich nicht mit ihm verabredet.«

»Sie dürfen noch nicht gehen ...«

»Aber es ist Zeit für mich.«

Wieder trat er zur Wand des Pavillons, warf einen Blick nach draußen und sagte nervös: »Liebe lässt sich nicht zügeln.«

»Genießen Sie, was Sie sehen!«

Erregt wandte er sich ihr zu: »Mir ist, als wären Sie meine Tochter.« Dann neigte er sich zu ihr, küsste sie auf die Stirn und bat: »Geh nicht in die Teestube!«

»Nicht heute.«

»Er will eine Geliebte!«

»Das hat er nicht deutlich gesagt.«

»Bist du naiv? Bist du verschlagen? Was bist du?«

»Ich will nun einmal.«

»Du bist hübsch, du bist bezaubernd. Hab doch Geduld!«

»Ich muss gehen.«

»Er lehnt es ab, sich scheiden zu lassen, er lehnt es auch ab, eine zweite Frau dazuzuheiraten. Warum? Vielleicht ist seine Frau reich. Vielleicht ist sie sein wahres Kapital, und sicher ist sie älter als er. Deswegen hat er sich eine Wohnung zum Zeitvertreib eingerichtet. Er kommt nach Kairo, angeblich um Geschäfte zu machen, in Wirklichkeit aber frönt er seinem Laster. Das ist die Wahrheit.«

»Ich danke Ihnen, aber ich muss jetzt gehen.«

Er packte sie an der Hand und dann am Oberarm und drang in sie: »Geh nicht!«

Sie lächelte. »Lassen Sie sich nicht zu sehr hinreißen?«

»Aber wie könnte mich das kaltlassen!«

»Ich bin Ihnen genug zur Last gefallen.«

»Es gibt mehr als einen Grund, der uns aneinanderbindet.«

»Aber es ist schon spät, und mein Stiefvater lässt nicht mit sich spaßen.«

»Wir werden ihm den Schädel einschlagen, aber geh nicht zu dem reichen jungen Mann aus Tanta!«

»Ich muss jetzt heimgehen.«

Er schnipste mit den Fingern. »Mir kommt da ein guter Gedanke!«

»Wirklich?«

»Du stehst im Leben und brauchst keine Furcht vor einem Mann meines Alters zu haben. Wir wollen gemeinsam nach Anbar Lulu gehen.«

»Nach Anbar Lulu?«

»Ja, ein Park in der Wüste von Sakkara. In seiner Mitte ist ein Teich aus Rosenwasser, und es gibt dort Logen, die von Blumen umrankt sind. Das ungeschriebene Motto dort heißt: ›Tu, was du willst!‹«

Ihre Augen weiteten sich vor Staunen, und sie fragte: »Sie laden mich dorthin ein?«

»Ja, als dein zuverlässigster Gefährte.«

»Ich glaubs nicht!«

»Es gibt aber nichts, woran man nicht glauben könnte.«

»Aber … aber es ist jetzt nicht die rechte Zeit dafür.«

»Um Anbar Lulu zu besuchen, ist jede Zeit recht.«

»Ich habe nie vorher davon gehört.«

»Es ist ein Paradies der Träume. Jeder Traum wird wahr in Anbar Lulu.«

»Ihre Stimme hat sich verändert, ebenso Ihr Blick.«

Er zog sie an der Hand zur Wand des Pavillons, blickte durch einen Spalt und forderte sie auf, das Gleiche zu tun. Dann stieß er fiebrig erregt hervor: »Sieh hin, sie alle sind töricht, weil sie den Weg nach Anbar Lulu nicht kennen.«

»Jene abgelegenen Parks sind gefährlich!«

»Sie liegen in friedlichem, sicherem Schlummer. Ein Beweis dafür ist, dass es dort keinen einzigen Polizisten gibt.«

»Und was wollen wir dort tun?«

»Was du gerne möchtest. Niemand sieht den anderen in Anbar Lulu.«

»Sieh doch diese Sünderin!«

»Sie ist eine Sünderin, weil sie sich fern von Anbar Lulu vergnügt.«

»Du erschreckst mich!«

»In Anbar Lulu gibt es nichts, was du zu fürchten hättest.«

Sie trat von der Wand zurück, und er folgte ihr mit ungewohnter Lebhaftigkeit, dabei presste er ihre Hand. Er fragte: »Bist du nicht gekommen, um einen Ratschlag von einem Mann in mittleren Jahren zu hören?«

»Ach, ich hasse alle Ratschläge!«

»Komm mit mir nach Anbar Lulu …«

»O Gott! Ich habe mich anders besonnen. Vielleicht hat dein kluges Gerede mich mehr beeindruckt, als du glaubst!«

»Was ich über Anbar Lulu erzählte?«

»Das Gerede über Geduld, Achtung und Ehre!«

»Du glaubst doch nicht an leere Worte!«

»Aber du glaubst an sie?«

»Immerhin war ich ein Vierteljahrhundert im Gefängnis.«

»Du machst mir Angst!«

»Nein, auf diese fadenscheinige weibliche List falle ich nicht herein.«

»Sei still, wir wollen uns hinsetzen. Ich möchte dir noch ein Geheimnis verraten …«

»Noch ein Geständnis?«

Er kehrte dorthin zurück, wo sie zusammen gesessen hatten, und hielt mühsam an sich. Aber bevor sie noch ein Wort hervorbringen konnte, stürmten eilige Schritte heran, begleitet von hellem, jugendlichem Gelächter. Ein junges Mädchen kam hereingelaufen, ein junger Mann folgte ihr, und obwohl beide den

Mann und das Mädchen erblickten, kümmerten sie sich nicht um sie. Sie versuchte, sich seiner zu erwehren, während er auf einen günstigen Moment wartete, um sie an sich ziehen zu können. Plötzlich sprang sie zu dem Mann und dem Mädchen auf der Bank, schritt um ihn herum, sodass er für einen Moment hinter ihren Beinen verschwand, und entwischte zur Tür hinaus in den Park, ihr Verfolger blieb ihr dicht auf den Fersen. Der Mann setzte sich wieder zurecht und murmelte wie im Selbstgespräch: »Wie schön wäre es, wenn sie zusammen nach Anbar Lulu gingen.« Und er zögerte, als er sich ihr zuwandte: »Wir verlieren kostbare, unersetzliche Zeit!«

Sie aber gestand ihm in aller Aufrichtigkeit: »Die Geschichte von dem reichen jungen Mann aus Tanta ist von Anfang bis Ende erfunden und stimmt gar nicht.«

»Wirklich? Das macht die Sache nur schwieriger.«

»Ich muss jetzt gehen!«

»Nein, geh nicht!«

»Warum sollen wir jetzt noch bleiben?«

»Wir müssen doch nun herausbekommen, warum du die Geschichte erfunden hast.«

»Das ist doch ganz und gar unwichtig.«

»Nein, so kann man das nicht abtun. Träume sind ebenso begründet wie die Wirklichkeit.«

»Ich bleibe dabei, das ist unwichtig.«

Er schüttelte nachdenklich den Kopf und sagte fürsorglich: »Lass mich nachdenken!«

Dann strich er sich über die Stirn. »Ein junger Mann ... ein Kaufmann ... reich ... aus Tanta ... eine eigene Wohnung bei den Pyramiden.«

»Ich habe diese Einzelheiten schon fast vergessen.«

»Nein, lass, sie sind ganz wichtig.«

»Schön, du bist sehr charmant, aber gleichzeitig so hartnäckig.«

»Hör mir zu! Ein junger Mann, du hast ihn dir als jungen

Mann vorgestellt. Die Jugend ist das Symbol einer fast irrsinnigen Liebe zum Leben, und du liebst das Leben bis zur Grenze des Wahnsinns.«

»Aber ich habe mich verändert.«

»Das ist gelogen. Dazu war die Zeit zu kurz.«

»Es kommt mir so vor, als ob ich schon ein ganzes Leben lang mit dir in diesem Pavillon verbracht habe.«

»Hör mir zu, meine Liebe! Ein Kaufmann ... was bedeutet das? Er ist das Gegenteil des Beamten. Ein Beamter ist ein Symbol für Routine, ein Kaufmann, das heißt Beweglichkeit, Aktivität. Ein Beamter verkörpert die konventionelle Moral, ein Kaufmann die Ungebundenheit und Unmoral.«

Sie fragte lachend: »Glaubst du, dass ich von Piraten geträumt habe?«

»Mehr als das, meine Liebe! Du forderst uns auf, so an den Teufel zu glauben, wie dieser an sich selbst glaubt. Du verwirfst den Menschen, weil er Mängel hat und sich entschuldigt, und liebst den Teufel, weil er originell und stolz ist. Angesichts der Erde stellst du das Ansehen der Hölle wieder her.«

»Allah vergebe dir! Du bist geistreich.«

»Und was bedeutet reich? Reich ist, wer Vermögen und Macht besitzt. Aber wir leben nicht mehr im Zeitalter der Reichen. Wer heute reich ist, gleicht eigentlich nur einem Dieb, dem man noch nicht auf die Spur gekommen ist, den aber die Gerechtigkeit heute Abend oder um Mitternacht einholen wird. Dein Traum will einen reichen jungen Mann für eine begrenzte Zeit, er fürchtet ein längeres Zusammenbleiben. Er fürchtet, dass er sich im Laufe der Zeit als so elend und böse entpuppt wie dein Stiefvater. Du möchtest ihn haben, aber gleichzeitig verabscheust du den Gedanken an Dauer. Das ist ein Pessimismus, der aus deiner unglücklichen Vergangenheit herrührt.«

»Prophezeist du auch aus Kaffeesatz?«

»Aus Tanta! Was sagt der Traum? Tanta, das ist die Ruhestätte von El-Sajid El-Badawi, dem Mann, der Zeichen und Wunder vollbrachte, der Feinde gefangen nahm. Verstehst du, meine Liebe?«

»Ich verstehe, Herr Scheich.«

»Und die Wohnung bei den Pyramiden? Eine Wohnung, das ist klar, aber warum bei den Pyramiden? Die Pyramiden sind rein äußerlich Grabstätten, aber in Wirklichkeit sind sie eine Herausforderung gegenüber der Zeit und dem Tod …«

»Das ist eine unterhaltsame und hübsche Deutung, aber wir müssen nun doch endlich gehen.«

»So lass doch den Gedanken an zu Hause und mach dich auf nach Anbar Lulu!«

»Oh nein!«

»Was reizt dich denn noch an deinem Zuhause?«

»Jedenfalls ist es mein Zuhause.«

»Nachdem du Anbar Lulu gesehen hast, wird es dir völlig verändert vorkommen!«

Sie blickte ihn zweifelnd an. »Was verbindet einen angesehenen Mann im gesetzten Alter mit Anbar Lulu?«

»Dort gibt es auch eine Klause für Altersschwache. Es gibt alles in Anbar Lulu.«

»Sag mal … verdienst du eigentlich den guten Ruf, den du genießt?«

»Hast du schon vergessen, was du über die Vergangenheit und die Verfügungen längst Verstorbener gesagt hast?«

»Nein, aber ich habe heute Abend von dir hier hübsche Dinge gelernt.«

»Mach dich nicht lustig über einen Mann, der seine Blütezeit hinter Gittern verbracht hat!«

»Verzeih mir, ists meine Schuld, dass ich mit vierundzwanzig Jahren den Frühling meines Lebens noch nicht hinter mir habe?«

»Aber bei dir gleicht das bereits einer Vergreisung!«

Ihr Gesicht verfinsterte sich, sie stand auf, er folgte ihr, als wollte er sie um Verzeihung bitten, und sagte: »Was soll dein Zorn, wo wir uns so gut verstehen!«

Sie gab spöttisch zurück: »Du hast ein Schloss gebaut, aber auf Sand!«

»Wirklich?«

»Den reichen jungen Mann aus Tanta gibt es nämlich doch!«

»Nein, niemals, das ist die reine Fantasie!«

»Aber glaub mir doch, es gibt ihn wirklich! Er ist eine reale Tatsache!«

Er packte sie heftig am Arm und blickte sie mit flammenden Augen an. Eben wollte er sie mit einem Schwall von Worten überschütten, die ihm auf der Zunge lagen, als ein fremder Mann unerwartet in den Pavillon gestürmt kam. Er brach dort ein, als hätte man ihn hineinkatapultiert, mit wirrem Haar und staubbedecktem Gesicht, nass von Schweiß. Er straffte seine Hose und zog den Gürtel zurecht, dann stampfte er mit beiden Füßen heftig auf, um seine Schuhe vom Schmutz zu befreien. Sie sahen sich schweigend an. Er ging zu der Bank und warf sich erschöpft nieder. Seine Brust hob und senkte sich. Schweißgeruch breitete sich aus. Sie schwiegen wie gelähmt. Das Mädchen brach das Schweigen als Erste. Sie befreite sich aus dem Griff des Mannes und sagte: »Tschüß, ich gehe.«

Der Mann bat: »Warte doch, es ist besser, wenn du zu dieser Stunde nicht allein die leeren Wege entlanggehst.«

Da mischte sich der Fremde plötzlich ein: »Die Wege sind nicht leer.« Der Mann warf ihm einen wütenden Blick zu, doch jener ließ sich nicht beeindrucken: »Alle Wege sind von Polizisten besetzt.«

Der Zorn des Mannes verwandelte sich in Staunen. »Warum denn?«

Der junge Mann fragte zurück: »Haben Sie nicht die Schüsse gehört?«

»Doch, vor einer ganzen Weile. Ich glaubte, es handelt sich um eine Übung.«

»Das war kein Übungsschießen.«

Da fragte ihn das junge Mädchen: »War es ein Luftangriff?«

»Nein, das war es auch nicht.«

»Dann wissen Sie Genaues darüber?«, fragte ihn der Mann.

Der junge Mann nickte. »Jemand ist bis oben auf den Turm gestiegen und hat aus einem Schnellfeuergewehr Schüsse abgegeben.«

»Und was sollte das Ganze?«

»Das weiß niemand.«

»Wen wollte er denn treffen?«

»Er hat nach allen Seiten geschossen, auf alle Menschen.«

»O je! Und wie viele sind ihm zum Opfer gefallen?«

»Er hat niemanden getroffen.«

»Das verstehe ich nicht.«

»Er wollte offenbar nur schießen und nicht treffen.«

»Eine seltsame Geschichte.«

»Ja, das stimmt.«

»Womit lässt sich aber beweisen, dass er nicht doch töten wollte?«

»Sicher, das weiß keiner.«

Der Mann sagte unwillig: »Vielleicht war es ein Wahnsinniger?«

»Das auf keinen Fall!«

»Sie sagen das so bestimmt?«

»Ich wiederhole nur, was ich von den Leuten auf der Straße gehört habe.«

»Aber warum schießt einer in alle Richtungen, ohne jemanden treffen zu wollen?«

»Wohl eines der Geheimnisse, die die Polizei klären will.«

Das Mädchen gab zu bedenken: »Vielleicht ist er versessen darauf, berühmt zu werden?«

»Auch das scheint nicht der Fall zu sein.«

Sie fuhr fort: »Vielleicht wollte er unbedingt einmal etwas Verrücktes anstellen?«

Der junge Mann lächelte. »Auch das glaube ich nicht.«

Nun fragte der Mann wieder: »Was erzählen denn die Leute noch von ihm?«

»Man sagt, dass er einer Delegation angehörte, die eingeladen war, die Front und die Flüchtlingslager zu besuchen.«

»Tatsächlich? Vielleicht ist ihm das zu sehr an die Nerven gegangen.«

»Aber er ist trotzdem nicht aus dem Gleichgewicht geraten, sonst hätte er sicher Dutzende von Menschen getötet.«

»Er hat das also mit vollem Bewusstsein getan?«

»Bei vollem Verstand!«

»Was für eine merkwürdige Geschichte!«

Das Mädchen warf ein: »Ich möchte ihn so gerne sehen!«

»Du wirst ihn morgen in den Zeitungen sehen«, entgegnete der Mann: »So geht es seit Langem in der Welt zu.« Dann wandte er sich an den jungen Mann, so als wollte er sich ihm vorstellen. »Ich war auch einmal begeistert davon zu schießen.« Dann in einem Anflug von Stolz: »Aber meine Kugeln galten dem Feind!«

Der junge Mann entgegnete unwillig: »Man sagt, der da geschossen hat, habe ausgerufen, bevor er verschwand: ›Die Kugel soll im Herzen des Erzfeindes stecken bleiben!‹«

Der Mann wunderte sich: »Sogar das Töten ist rätselhaft geworden, obwohl doch eigentlich nichts im Leben einen klareren Entschluss verlangt.«

»Ich finde überhaupt nichts Rätselhaftes daran!«

Da fragte der Mann ärgerlich: »Lief denn der Erzfeind über die Köpfe der Passanten hin?«

»Vielleicht hinter ihnen, vor oder unter ihnen, wer weiß?«

Das Mädchen suchte zu beschwichtigen: »Ob nun klar oder rätselhaft, das ist doch egal. Aber wie gut ist es, wenn ein Mensch nach einem Besuch an der Front und in den Flüchtlingslagern auf den Cairo Tower steigt, um einfach nach allen Seiten zu schießen!«

Der Mann fragte sie: »Ist dir denn klar, was mir rätselhaft erscheint?«

»Ja!«

»Aber wieso?«

»Ich verstehe es auf meine Art.«

Schweigen herrschte einige Augenblicke lang, während derer draußen Unruhe entstand, die allmählich ringsum den ganzen Park erfüllte. Sie eilten beide zu den Lücken im Jasmin und sahen, wie die Liebespaare aufgeschreckt waren und sich auf dem Weg zusammengefunden hatten. Dann beobachteten sie, dass die Polizisten die Ecken besetzten.

Das Mädchen bekam offensichtlich Angst. »Was wird nun, jetzt sitzen wir mit in der Klemme.«

Auch der Mann befürchtete: »Womöglich kommt es noch zu einer Schießerei.«

Das Mädchen wandte sich zum Ausgang und sagte zu dem jungen Mann: »Offenbar glauben die Polizisten, Ihr unbekannter Freund befindet sich hier im Park.«

Der junge Mann erwiderte ruhig: »Das ist nicht ausgeschlossen.«

Der Mann meinte: »Hier gibt es keine Möglichkeit mehr zu bleiben.«

Der junge Mann entgegnete: »Wer so etwas gewagt hat, der kann sich nicht darauf einlassen, ewig auf der Flucht zu sein.«

Der Mann blickte ihn voller Zuneigung an: »Das Beste für ihn wäre, sich ihnen gleich zu stellen.«

»Meinen Sie?« Er lächelte. Dann stand er ruhig auf und grüßte sie mit einem Kopfnicken: »Leben Sie wohl.«

Er ging zur Tür des Pavillons und trat in den Park hinaus, während sie hinter ihm her riefen: »Auf Wiedersehen.«

Sie stellten sich eng aneinandergeschmiegt an die Tür des Pavillons und beobachteten, was draußen geschah. Nach einer Weile kehrten sie zu ihrem Platz zurück, gleichsam erschöpft und traurig.

Der Mann sagte in sich gekehrt: »Ich hätte ihm noch einiges zu erklären gehabt. Die Zeit war viel zu kurz.«

Das Mädchen erwiderte darauf: »Und ich habe versäumt, ihn zu etwas Unterhaltsamem aufzufordern.«

Der Mann tadelte sie: »Du kannst immer noch scherzen!«

»Hast du meine Leidenschaft für Tanz, Gesang und Fröhlichkeit vergessen?«

Er reagierte unwillig: »Es wird Zeit, dass du zu deinem reichen jungen Mann aus Tanta gehst.«

Sie lachte. »Ach was, er ist ja nur ein Wunschtraum.«

Erneut brauste er auf: »Du, dieses Hin und Her wird mir nun aber doch zu viel.«

Sie entgegnete ergeben: »Lass uns nach Anbar Lulu gehen!«

Sie erhob sich. Aber er griff zärtlich nach ihrer Hand und bat sie, bei ihm sitzen zu bleiben. Dann neigte er den Kopf und sagte: »Lass mich dir gestehen, dass es Anbar Lulu noch nicht gibt.«

Ihre Augen weiteten sich vor Staunen. Sie murmelte: »Was hast du da gesagt?«

»Ja, es war nur ein Plan. Wir hatten ihn in den Verliesen des Gefängnisses entworfen.«

»Im Gefängnis?«

»Das war unser eigentliches Leben, meins und das einiger Kameraden. Wir bildeten den Namen aus Anbar, dem Gefängnisbau, und fügten das Wort Lulu hinzu nach dem Vorbild von Honolulu.«

»Und wie sollte er verwirklicht werden?«

»Darüber dachten wir natürlich nach. Wir waren uns alle einig, dass es nur zwei Möglichkeiten gäbe, Diebstahl und Mord.«

Sie lachte und fragte: »Und was hat euch nach eurer Entlassung daran gehindert, dieses Paradies Wirklichkeit werden zu lassen?«

»Verrat. Es gab da Kameraden, die schon binnen eines Jahres

reuig zu Gott zurückkehrten und auf die Pilgerfahrt gingen. So wurde nichts aus unserem Plan für Anbar Lulu.«

»Wie schade!«

»Wir können nicht alles erreichen, was wir uns wünschen.« Ein lastendes Schweigen stand zwischen ihnen.

Schließlich sagte der Mann: »Es wird Zeit für uns zu gehen, aber wir dürfen uns nicht wieder trennen.«

»Wirklich?«

»Möchtest du nicht?«

»Leider kannst du weder gut tanzen noch singen noch fröhlich sein.«

»Ich habe einen wertvollen Plan.«

»Anbar Lulu?«

»Ja.«

»Der Eifer eines Einzelnen kann ihn doch nicht verwirklichen.«

»Wenn wir nur wollen, können wir viel erreichen.«

»Ich möchte aber nichts als tanzen, singen und fröhlich sein.«

»Mehr verlange ich auch nicht von dir.«

»Wie meinst du das?«

»Anbar Lulu, das Traumparadies, was wäre es wert ohne Tanz, Gesang, und Fröhlichkeit?«

Das Mädchen lächelte hoffnungsvoll. »Und du?«

»Ich bin schon seit Langem versessen darauf zu töten«, entgegnete er stolz.

Beide standen auf. Er reichte ihr seinen Arm, und sie hakte sich ein. Dann verließen sie zusammen den Pavillon.

Er sagte: »Ich werde nach allen Seiten schießen, und wir werden tanzen, singen und fröhlich sein …«

Die himmlische Begegnung

Ich machte einen Rundgang durch das neue, noch leer stehende Gebäude. Der Bau war neu in buchstäblichem Sinne. Immer noch lag Farbgeruch über dem unfreundlichen Gelände. Aber binnen Kurzem würde über dem Eingang ein großes Schild hängen mit dem Namen unserer Behörde, die schon ihre Vorbereitungen getroffen hatte. Und ich hatte dazu beigetragen, dass die Wahl auf dieses Haus gefallen war. Obwohl ich nur ein unbekannter Schreiber im Archiv bin, hatte man mich für das Komitee ausgesucht, das nach einem neuen Gebäude für die Behörde suchen sollte, in dem alle ihre über die ganze große Stadt verstreuten Abteilungen Platz fänden. Bei meinem täglichen Weg zur Arbeit ging ich jeden Morgen an diesem Neubau vorüber, und ich forderte das Komitee auf, ihn sich anzusehen. Die Verwaltungsmaßnahmen wurden schnell erledigt und dann der Mietvertrag mit dem Besitzer des Gebäudes unterzeichnet.

Ich machte einen Rundgang durch das neue, noch leer stehende Haus. Der Umzug hatte noch nicht begonnen. Wie gewöhnlich war ich morgens meinen Weg gegangen, da stachelte mich ein imaginärer Besitzerstolz an, einen Inspektionsrundgang zu machen. Der Pförtner kannte mich von den vorangegangenen offiziellen Besuchen her und empfing mich mit Respekt. Er hatte ein gutes Herz und wusste nichts vom Ausmaß meines Elends, das ich als unbedeutender kleiner Beamter und Vater einer großen Familie durchmachte, die nur an Festtagen Fleisch zu kosten bekam.

Im Hof des Gebäudes begegnete ich zufällig einem Mann, von dem ich nicht wusste, was er hier zu suchen hatte. Dass er mit festen, selbstbewussten Schritten dahinging, brachte mich besonders auf. Ich nahm an, dass er gekommen war, weil er eine Wohnung mieten wollte, und erwartete von ihm eine freundliche Begrüßung, aber er nahm von mir zunächst gar keine Notiz. Er ging und warf auf alles um sich herum hochmütige Blicke, die den Unwillen eines Beamten erregen mussten, der – was immer man auch über seine niedrige Position sagen mochte – doch der Entdecker des Gebäudes und außerdem der Vertreter der Behörde war, die es in wenigen Tagen in Besitz nehmen würde. Ich schickte mich an, mit ihm einen Streit anzufangen – zurückhaltend und vernünftig, denn er war mittelgroß, von starker Statur und hatte ein würdiges Aussehen –, da sprach er mich plötzlich, ohne zu grüßen, an: »Sind Sie einer der Besitzer des Gebäudes?«

Ich entgegnete stolz: »Ich bin Mitglied des Komitees der Behörde, die das Gebäude gemietet hat.«

Er sagte ruhig: »Großartig! Ich möchte mir das Haus von innen ansehen.«

»Aber wer sind Sie?«

Er erwiderte schlicht und ohne Umschweife: »Ich bin der Direktor.«

Seine Worte trafen mich wie der Blitz, und ich krümmte mich zusammen. Schnell verbeugte ich mich mechanisch, gleichsam als schnelle Reaktion auf den elektrischen Schlag, der von seiner Person auf mein erschüttertes Selbst übergesprungen war. Ich sagte unterwürfig: »Entschuldigen Sie bitte, Exzellenz.«

»Gehen Sie mir voraus!«, befahl er gleichgültig.

Mir war, als hätte der Himmel seine Pforten geöffnet und mich mit Segen und Barmherzigkeit überschüttet, da ich zum Wegweiser für Seine Exzellenz auserwählt worden war. Behände ging ich vor ihm her, von einem Raum zum anderen, beschrieb die Lage der Zimmer, zählte die Vorzüge auf und lenkte seinen gütigen Blick auf die Zimmer, die Säle und die Hallen. Dabei verhielt ich mich meinem Begleiter gegenüber äußerst unaufdringlich und entgegenkommend. Unterwürfig schlug ich vor: »Ich meine, Euer Exzellenz, dass der dritte Stock der für Sie geeignetste ist. Er liegt in einer ausreichenden Höhe, die Sie vor dem Straßenlärm schützt, und gleichzeitig ist es nicht zu mühsam, hinauf- oder herabzusteigen, wenn der Fahrstuhl einmal nicht läuft.«

Bei der nächsten Gelegenheit brachte ich vor: »Die Nordecke hat nicht zu verachtende Vorzüge, die Straße führt von zwei Seiten zu ihr, und an der dritten Seite liegt eine niedrige Tankstelle, sodass frische Luft und Sonnenschein Sie stets ungehindert erreichen.«

Beim dritten Mal wies ich auf das größte Zimmer: »Da ist ein Zimmer für Sie. Man kann es mit dem Nebenraum verbinden, wenn man die eine Wand abreißt, um genügend Platz für Sitzungen zu haben. An der Südseite kann man eine Tür zum persönlichen Sekretariat einbauen.«

Nach alledem sah ich in seinem gütigen Gesicht Genugtuung und Freude. Wir kehrten nach einem glücklichen und erfolgreichen Rundgang auf den Hof zurück, während ich wie von einer himmlischen Erleuchtung und von heftiger Freude erfüllt war. Seine Exzellenz geruhte, mich zu fragen: »Und in welchem Büro arbeiten Sie?«

Als böte sich mir lang ersehnte Rettung, ergriff ich geschickt diese Chance und entgegnete: »Ich bin Schreiber im Archiv, Euer Exzellenz, ein kleiner Schreiber, aber ich habe seit Langem ein Anliegen …«

Er aber unterbrach mich: »Später, später …«

Ich entschuldigte mich für meine Voreiligkeit: »Verzeihen Sie bitte, Exzellenz. Ich werde meine Klage über die Ungerechtigkeit, die man mir angetan hat, später vortragen.«

Er ging hinaus, und ich eilte hinter ihm her. Zufällig begegnete ihm ein Zeitungsverkäufer. Er nahm eine Zeitschrift und ein Buch zum Preise von fünfundzwanzig Piastern. Doch es zeigte sich, dass der Direktor nicht genügend Kleingeld bei sich hatte, um bezahlen zu können, und dass der Zeitungsverkäufer nicht das Wechselgeld für eine große Banknote besaß. Der Direktor wollte die Zeitschrift und das Buch schon zurückgeben, aber aus intuitiver Freigebigkeit beeilte ich mich, den erforderlichen Betrag für ihn zu begleichen.

Der Direktor zögerte kurz, dann ließ er es sich gefallen und sagte: »Gehen Sie sofort in mein Büro, und lassen Sie sich Ihr Geld wiedergeben!«

Dann ging er weiter und murmelte: »Danke.«

Er ließ mich in einem Wirbel glücklicher Erregung und sehnsuchtsvollen Verlangens zurück, sodass ich leicht hätte unter ein Auto geraten können, während ich wie in einem Meer von Freude und Hoffnung schwamm. Ich war mir sicher, dass sich nun eine neue, leuchtend helle Seite in meiner Lebensgeschichte aufgetan hatte, die bisher voll war von Mühen und Prüfungen. Denn ich hatte mit dem Generaldirektor Bekanntschaft geschlossen, ihm meine schlechte Lage vor Augen geführt, und er hatte versprochen, sich mit der Ungerechtigkeit, die mir widerfahren war, zu befassen. Ja, in einem gesegneten, vom Atem der Engel durchhauchten Augenblick war ich sein Gläubiger geworden für eine Summe von fünfundzwanzig Piastern. Gott bewahre mich davor, dass ich ihm je diese Schuld abverlangte oder irgendjemanden daran erinnerte. Sie war die Opfergabe, die mir seine Zuneigung eingetragen hatte und mir, wenn es nötig wäre, seine Tür öffnen würde. Immerhin, es war ein großer Betrag, der mir weitere Einschränkungen abverlangte, damit ich mich bis Monatsende so recht und schlecht durchschlagen konnte. Aber alles das war eher zu ertragen, als dass ich mit eigener Hand die verwandtschaftlichen Beziehungen zerstörte, die ihn aus Barmherzigkeit mit mir verbanden.

Der Umzug in das neue Gebäude fand statt. Wie üblich bekamen wir Archivbeamten die Räume im Keller. Mich beschäftigte immer noch meine heimliche glückliche Beziehung zu Seiner Exzellenz. Ich ging nicht, wie er es befohlen hatte, in sein Büro, um mir den Betrag wiedergeben zu lassen. Gott sei Dank ließ er ihn mir auch nicht von einem der Beamten seines Büros bringen. Die Tage vergingen, und schließlich befiel mich die Furcht, er könnte mich in der Flut seiner zahllosen Aufgaben vergessen haben. Ich fragte Allah um Rat und las religiöse Texte, um mich vor Bösem zu schützen, und dann beschloss ich, um eine Unterredung mit dem Generaldirektor zu bitten. Ich begab mich zum Zimmer des persönlichen Sekretärs, aber der Bote trat mir in den Weg und gab mir zu verstehen, dass der Sekretär sehr beschäftigt sei. Er zeigte sich bereit, ihn über mein Anliegen zu informieren. Ich sagte ihm: »Ich bitte um einen Termin für die Ehre einer Unterredung mit dem Generaldirektor.«

Der Bote warf einen abschätzigen Blick auf meinen abgetragenen Anzug, er verschwand aber für eine Minute hinter der geschlossenen Tür. Dann kehrte er zurück und stieß hervor: »Schreiben Sie Ihr Anliegen auf ein Blatt Papier mit dem Gebührenstempel, und schicken Sie es auf dem Dienstweg!«

Kein gutes Zureden nützte, ich fand ihn so verschlossen wie die Tür, vor der er saß. So kehrte ich in mein Büro zurück als Opfer eines quälenden Zwangs, aber fest entschlossen, zum Ziel zu gelangen, koste es, was es wolle. Sofort flüchtete ich mich zu unserem Chef im Archiv, einem Mann in mittleren Jahren, der unsere elende und unglückliche Lage teilte und uns außer seinem Alter nichts voraushatte. Ich war begierig darauf, bei ihm Verständnis und Hilfe zu finden. So vertraute ich ihm meinen Wunsch nach einer Unterredung mit dem Generaldirektor an und bat ihn um seine Meinung und seinen Rat.

Er fragte mich: »Was bezwecken Sie denn mit Ihren Bemühungen?«

»Ich möchte ihm eine Beschwerde vortragen.«

»Geht es uns nicht allen gleich schlecht?«

»Aber er hat mich dazu ermutigt.«

»Wirklich? Wann denn und wie?«

Ich erzählte ihm von unserer Begegnung das, was für ihn interessant war. Er stutzte ein wenig und meinte dann: »Das war nur so dahingesagt, darauf kann man sich nicht berufen.«

»Aber ich werde mir und meiner Familie eine Gelegenheit wie diese, die der Himmel nur selten bietet, doch nicht entgehen lassen.«

»Ich rate Ihnen, lassen Sie die Sache auf sich beruhen.«

Da überschlug sich meine Stimme vor Erregung: »Niemals, das ist die einzige Hoffnung, die mir in meinem Leben bleibt.«

Er schüttelte nachdenklich den Kopf, so sah ich keine andere Möglichkeit, als einen letzten Schuss abzufeuern, und flüsterte ihm ins Ohr: »Ich werde Ihnen ganz im Vertrauen ein Geheimnis mitteilen, ich kann mich doch auf Sie verlassen. Seine Exzellenz hat sich nämlich von mir fünfundzwanzig Piaster geborgt!«

Der Mann blickte mich erstaunt und betroffen an, und ich fügte nachdrücklich hinzu: »Glauben Sie mir, ich bin voll bei Sinnen, es stimmt, was ich Ihnen sage.«

Ich erzählte von der Geschichte mit dem Geld, das ich ihm geliehen habe. Da fragte er mich zweifelnd: »Haben Sie unseren Generaldirektor jemals vorher gesehen?«

»Nein.«

»Woher wollen Sie denn wissen, dass jener Mann der Direktor war?«

»Darüber besteht gar kein Zweifel.«

»Warum kann es nicht ein Mann gewesen sein, der sich einen Scherz erlaubt und Ihre Gutmütigkeit ausgenutzt hat?«

»Das ist ausgeschlossen. Ich will ihn Ihnen beschreiben.«

Aber er unterbrach mich: »Das ist sinnlos, denn ich habe ihn nur einmal vor Jahren flüchtig und von Weitem gesehen.«

»Auf jeden Fall bin ich sicher, dass es der Generaldirektor war.«

»Was Sie da erzählen, ist so eine Geschichte …«

Ich erwiderte, um zu einem Ende zu kommen: »Nehmen Sie an, ich bin bei klarem Verstand, und zeigen Sie mir einen Weg, wie ich dem Generaldirektor eine Beschwerde vorlegen kann.«

»Großartig! Schreiben Sie die Beschwerde auf ein Blatt Papier mit dem Gebührenstempel, und geben Sie sie mir als Ihrem unmittelbaren Vorgesetzten. Ich befürworte sie, dann wird sie an den Verwaltungsdirektor weitergegeben, damit er sie befürwortet, dann wird sie an den Generalinspektor zur Befürwortung weitergereicht, danach wird sie dem Büro des Generaldirektors zugeschickt. Und wenn ich Ihnen – und zwar umsonst – noch einen guten Rat geben darf: Erwähnen Sie vor niemandem die Geschichte von den fünfundzwanzig Piastern!«

Ich setzte die Beschwerde sorgfältig auf und übergab sie meinem unmittelbaren Vorgesetzten. Er unterschrieb sie mit dem dringenden Ersuchen um wohlwollendes Entgegenkommen. Dann ging ich damit zum Sekretär des Verwaltungsdirektors. Der schob sie unter einen Berg von Beschwerden und wandte sich wieder seiner Arbeit zu.

Ich fragte ihn: »Wann werden Sie so freundlich sein, sie dem Verwaltungsdirektor vorzulegen?«

Er antwortete, ohne den Blick von seinen Papieren zu heben: »Das geht Sie nichts an!«

»Aber es ist eine Beschwerde besonderer Art. Ich meine, ich habe sie nur aufgrund einer Empfehlung Seiner Exzellenz des Verwaltungsdirektors persönlich geschrieben.«

Er warf mir einen seltsamen Blick zu und fragte mich spöttisch: »Exzellenz sind mit ihm verwandt?«

»Das ist die Wahrheit, kein Scherz.«

»Sie wird vorgelegt werden, wenn Zeit dafür ist. Wenn Sie das nicht wollen, dann nehmen Sie sie und gehen!«

»Werden Sie doch nicht ärgerlich! Wann kann ich kommen, um sie zu holen?«

»Wenn sie vorgelegen hat.«

»Und wann wird das sein?«

»Wenn es Zeit dafür ist.«

Er kehrte mir mit einer entschiedenen Bewegung den Rücken zu und wollte mich offensichtlich loswerden. Ich ging in mein Büro zurück und verfluchte den Beamtenapparat, ausgenommen natürlich Seine Exzellenz, den Generaldirektor. Ich bat meinen Chef, für mich beim Sekretär des Verwaltungsdirektors ein gutes Wort einzulegen, aber er lehnte das ab, der junge Mann sei ihm zu eingebildet und dumm. Die Tage vergingen, und ich wartete geduldig.

Eines Morgens, als einer meiner Kollegen und ich gemeinsam die Eingangsliste durchsahen, neigte er sich zu mir und flüsterte mir zu: »Ist es wirklich wahr, dass du dem Generaldirektor fünfundzwanzig Piaster geliehen hast?«

Ich war ganz bestürzt. Schreck packte mich, ich fragte ihn, wer ihm das erzählt habe. Er wisse, dass man sich im Archiv darüber etwas zugeflüstert habe, war seine Antwort. O Bezwinger des Unglücks, erbarme dich unser! Ich verdächtigte meinen Chef, aber er schwor mir bei seinen Kindern, dass er darüber kein Wort verloren habe. Dann beschuldigte ich meine Frau – sie ist mit den Ehefrauen einiger Beamten befreundet –, aber auch sie leugnete ab, sei es nun zu Recht oder aus Furcht. Unruhe zehrte wie Gift an mir. Ich bildete mir ein, bestürzten und spöttischen Blicken zu begegnen, und befürchtete, dass man mich binnen Kurzem für geistesgestört oder wahnsinnig halten werde. Deswegen musste ich mich beeilen, bevor etwas geschah, was nicht vorauszuberechnen war. Ich begab mich zum Sekretär des Verwaltungsdirektors. Er grüßte nicht zurück, sondern zeigte ärgerlich auf meine Beschwerde. Ich nahm sie dankend entgegen und eilte sofort zum Sekretär des Generalinspektors. Ich legte die Beschwerde vor und wollte ihm die Wichtigkeit des Falles erläutern, aber er kam mir zuvor: »Lassen Sie sie hier, und gehen Sie!«

Um ihn zufriedenzustellen, ging ich auf die Tür zu, aber fragte doch noch: »Wann kann ich wiederkommen, um sie abzuholen?«

»Kommen Sie nicht wieder!«

Aus meiner Verzweiflung heraus wagte ich eine weitere Frage: »Und die Beschwerde?«

Er hob die Augen zur Decke, als wollte er Allah zum Zeugen für meine Unverschämtheit anrufen. Da gaben mir mehrere der im Zimmer Anwesenden spontan den Rat, mich zu fügen und dem Befehl Folge zu leisten, sodass ich ganz betroffen und ängstlich wurde. Der Bote nahm mich freundlich am Arm – eine sympathische Geste – und gab mir in der Halle zu verstehen, dass das Büro des Generalinspektors seine Post auf direktem Wege in das Büro des Generaldirektors schickte.

»Und woher soll ich wissen, dass mein Schreiben abgeschickt worden ist?«

»Kommen Sie in einer Woche oder in zehn Tagen wieder, und gehen Sie zu dem Schreiber, der im Büro des Generalinspektors die ausgehende Post bearbeitet. Er gibt Ihnen die Nummer und das Datum, und anhand dessen können Sie über das Schicksal Ihrer Beschwerde im Büro des Generaldirektors Aufschluss erhalten.«

Um mir meine Unterlegenheit nicht anmerken zu lassen, trumpfte ich auf: »Stellen Sie sich vor, dass man mir im Büro Seiner Exzellenz des Generaldirektors eine Hochachtung entgegenbringen wird, wie ich sie in eurem Büro nicht zu einem Hundertstel erfahren habe.«

Da flehte der Bote nur noch: »Allah lasse Ihr Ansehen immer mehr wachsen!«

Ich kehrte in mein Büro zurück und sprach bei mir: »Verschärfe dich, Krise, und entspanne dich.« Ich sagte mir auch, dass alles, was ich in jenen Tagen durchzumachen hatte, mir einen ungehinderten Eintritt ins Paradies garantieren würde, dass auf Dunkelheit nur Licht folgen könnte und dass ich über kurz oder lang der Gnade des Zerstreuers aller Sorgen teilhaftig würde. Die spöttischen Blicke aber folgten mir unablässig und ohne Erbarmen. Man begnügte sich nicht damit, mich vielsagend anzublicken.

Ein Kollege stellte die Frage: »Wie … wann … unter welchen seltsamen Umständen hast du dem Generaldirektor fünfundzwanzig Piaster geborgt?«

Ein anderer wollte wissen: »Hat der Generaldirektor seine Schulden nicht zurückgezahlt?«

Einmal höhnte eine Stimme mir nach: »Das ist der Bettler, der dem Generaldirektor Geld geliehen hat …«

Ich betete zu Allah, dass er mir die Geduld des Propheten Hiob verleihen möge. Meine Hoffnung auf seine Barmherzigkeit blieb stark und unerschütterlich. Ich erinnerte mich, wie die Familie Noahs ihn verspottet hatte und wie es schließlich den Gottesfürchtigen ergangen war. Erst nachdem zwei volle Wochen verstrichen waren, ging ich zu dem Schreiber, der im Büro des Generalinspektors die ausgehende Post bearbeitete. Er gab mir die Nummer und das Datum des Schreibens, mit dem die Beschwerde an das Büro des Generaldirektors geschickt worden war. Ich fragte ihn höflich: »Wann kann ich das Ergebnis im Büro des Generaldirektors erfahren?«

Er fuhr mich völlig ungerechtfertigt an: »Suchen Sie das bei Gott zu erfahren, der das Verborgene kennt!«

Jedenfalls war die Beschwerde im Büro des Generaldirektors angelangt. Er würde sich sofort an mich erinnern, und vielleicht würde er mich zu sich bitten, zumindest würde er mir zu meinem Seelenfrieden verhelfen. Glückliche Träume stürmten auf mich ein: Ich erlebte eine Beförderung oder sah mich im Besitz zusätzlichen Kindergeldes. Ich kehrte mit der Post ins Archiv zurück und rezitierte in Gedanken gerade den Thronvers, da trat mir ein Beamter in den Weg und begann zu fragen: »Hast du wirklich …«

Ich hatte mich über die Dreistigkeit der Spötter schon genug geärgert, so schnitt ich ihm das Wort ab: »Schweig, frecher Kerl …«

Der Mann zog sich verblüfft zurück und meinte: »Du musst ganz und gar verrückt geworden sein.«

Ich schrie ihn an: »Verschwinde, sonst ziehe ich mir die Schuhe aus und zerschlage sie auf deinem Kopf.«

Schnell stellten sich Leute, die es gut oder auch schlecht meinten, zwischen uns. Am nächsten Tag wurde ich ins Ermittlungsbüro gerufen. Der Untersuchungsrichter sagte: »Sie werden beschuldigt, den Rechnungsprüfer mit Worten beleidigt und außerdem eine Schlägerei begonnen zu haben.«

Ich entgegnete unterwürfig: »Ich bin ein armer Mann. Er wollte sich über mich lustig machen, und da habe ich ihm einen Schreck eingejagt. Das ist alles.«

Der Rechnungsführer gab vor, dass er mich hätte fragen wollen, ob sein Schriftwechsel von der Kasse eingetroffen sei. Er berief sich auf seine Kollegen und zwei Kollegen aus dem Archiv als Zeugen, dass es stimmte, was er sagte. Dass seine Aussage zutreffend war, leuchtete sogar mir ein, und ich begriff, dass ich ihn missverstanden und ungerecht behandelt hatte. Ich verteidigte mich: »Viele machen sich über mich lustig, und ich habe ihn zu diesen gerechnet.«

Der Untersuchungsrichter fragte mich: »Warum macht man sich über Sie lustig?«

Ich schwieg, aber eine ganze Anzahl von Zeugen brachte die Geschichte von dem geborgten Geld vor, sodass mir nichts übrig blieb, als zu protestieren: »Das ist reine Verleumdung, entbehrt jeder Grundlage und ist mir zu Unrecht angehängt worden.«

Der Disput zwischen den Zeugen und mir wurde ziemlich heftig und überschritt die Grenzen der Höflichkeit. Völlig niedergeschlagen verließ ich das Untersuchungsbüro. Nach einigen Tagen rief mich mein Chef zu sich und teilte mir traurig mit: »Man hat beschlossen, Ihnen den Lohn für fünf Tage vom Gehalt abzuziehen.«

Ich rief: »Das ist eine schreiende Ungerechtigkeit. Ich werde dann meine Kinder kaum ernähren können.«

»Wenn Sie sich doch beherrschen könnten!«

»Ich habe mich geirrt, aber dafür gibt es eine Entschuldigung. Ob die Geschichte von dem Darlehen Seiner Exzellenz dem Generaldirektor zu Ohren gekommen ist?«

Der Mann entgegnete zuversichtlich: »Niemand in der Behörde wagt, ihm das zuzutragen.«

Obwohl ich sehr traurig war, blieb mein Vertrauen auf Allah unerschütterlich. Ich sagte mir, dass er – seine Erhabenheit ist groß – mich von meiner Traurigkeit erlösen würde, so wie er Josef aus seinem Gefängnis befreit hatte. Trotz all des Übels, das mir widerfahren war, malte ich mir immer noch das versprochene Glück aus und glaubte fest, dass es bald eintreten würde. Ich wartete lange, dann ging ich zu dem Schreiber, der die eingehende Post im Büro Seiner Exzellenz des Generaldirektors bearbeitete, um zu fragen, was aus meiner Beschwerde geworden sei. Er sagte mit mir völlig unverständlicher Abneigung: »Am Donnerstag beantworte ich Anfragen.«

Es war Sonntag, aber ich hatte bereits im Untersuchungsbüro meine Erfahrungen gemacht und zog mich ohne ein weiteres Wort zurück. Ich klagte meinem Chef mein Leid, und er ging mit mir zum Magazinverwalter. Der war ein Freund meines Chefs und mit dem Schreiber, der die eingehende Post bearbeitete, verwandt. Der Mann erklärte sich bereit, seinen Verwandten anzurufen und ihn nach meiner Beschwerde zu fragen. Er hörte sich seine Antwort an, von der wir nichts verstehen konnten, dann legte er den Hörer auf die Gabel und sagte: »Es tut mir leid, die Eingabe wurde abgewiesen.«

Die Nachricht erschlug mich, meine Hoffnungen sanken in sich zusammen, und wie unter Trümmern begraben fragte ich: »Ist denn die Eingabe Seiner Exzellenz, dem Generaldirektor, überhaupt vorgelegt worden?«

»Natürlich, er hat doch angeordnet, sie abzuweisen.«

»Das ist unmöglich.«

Da der Mann lächelte und nichts erwiderte, brachte ich nur noch hervor: »Ich hatte erwartet, dass er mich zu sich kommen lasse.«

Der Mann warf mir einen seltsamen Blick zu, ohne sich zu äußern. Ich ging mit meinem Chef zurück und seufzte: »Ich kann es nicht glauben.«

Er versuchte, mich zu trösten: »Das ist das Schicksal aller Beschwerden.«

»Aber er hat mir doch empfohlen, sie aufzusetzen.«

»Ich glaube immer noch, dass Sie einem Schwätzer auf den Leim gegangen sind.«

»Nein … nein!«

»Dann hat er es vielleicht vergessen. Ein Direktor hat so viel zu tun, dass er leicht einmal etwas vergisst.«

»Und was soll ich tun?«

»Vertrauen Sie auf Allah …«

Aber in mir war ein unverrückbarer Entschluss gewachsen. Voller Eifer zog ich Erkundigungen über die Termine des Direktors ein, über das, was er tat und ließ. Ich hatte beschlossen, mich weder der ungerechten Macht noch blinden, bürokratischen Anordnungen zu unterwerfen.

Der Wagen des Direktors setzte sich in Bewegung, um ihn vor dem Gebäude zu erwarten. Der Pförtner und die Boten bildeten gemeinsam mit dem wachhabenden Polizisten zwei Reihen Spalier. Ich hatte mich am Eingang hinter einem großen Schild verborgen, auf dem zu einer Versteigerung eingeladen wurde. Vom Hof her wurden Stimmen laut, der Direktor und sein Gefolge kamen näher. Als er an mir vorbeigehen wollte, sprach ich die Basmala, dann sprang ich auf ihn zu, um mich flehend vor ihm auf die Knie zu werfen.

Ein Mann rief: »Der Verrückte … Vorsicht, Exzellenz …«

Ein großes Gedränge entstand, Lärm erhob sich.

Ich begriff nicht ganz, was geschah. Der Boden schwankte unter mir. Dutzende starker Hände hielten mich fest.

Was soll ich danach noch sagen? Da man meine Tat für politisch motiviert hielt, wurde ich hochnotpeinlich verhört. Als ihnen ihr Irrtum bewusst wurde, bezichtigte man mich, den Direktor angefallen zu haben aus Rache dafür, dass er meine Beschwerde zurückgewiesen hatte.

Im Gefängnis habe ich das Tischlerhandwerk erlernt. Mit dieser Arbeit mühe ich mich heute ab, um meine Kinder großziehen zu können.

Das Verbrechen

Die Ruhe ist in den Abgründen der Geschichte verronnen. Vieles hat sich verändert. Neue Sehenswürdigkeiten sind entstanden. Aber das El-Scharki-Viertel mit seinen engen Gassen und seinen baufälligen Häusern ist sich gleich geblieben. Ihm gegenüber liegt das Viertel El-Gharbi mit seinen Villen im klassischen Stil und mit seinen modernen hübschen Gebäuden. So fand ich die Gegend vor, in der ich geboren wurde, in der ich aber ein Vierteljahrhundert nicht mehr gewesen war. Der Bahnhofsvorplatz in seiner Weiträumigkeit, mit seinen modernen Bauten und dem Denkmal der sich erhebenden Bauernschaft überwältigte mich ebenso wie die breite, lange Allee, die in das Viertel hineinführte, bis hin zum Minarett, das aus dem großen Park emporragte. Auch von den neuen Fabriken war ich überrascht, von ihrer großzügigen Bauweise, ihren rauchenden Schornsteinen und dem Lärm ihrer Maschinen.

Mein Wunsch, mit den Leuten dieser Gegend etwas näher in Kontakt zu kommen, war der Grund dafür, dass ich mich in diesem Viertel niederließ. So ging ich zu einem Wohnungsmakler und setzte mich in seinem Büro voller Erwartung zu einer Schar von Männern und Frauen. Ich saß dort mit lächelndem Gesicht und ganz von der Absicht erfüllt, jede Freundlichkeit zu erwidern, aber die Leute waren völlig in ihr Gespräch vertieft: »Deutet nichts darauf hin, wer die Tote sein könnte?«

»Nein, sie liegt schon seit einigen Jahren in der Erde und war überdies völlig verkohlt.«

»Seit wie viel Jahren?«

»Vier oder fünf, so stand es in der Mitteilung.«

»Und der Mörder?«

»Niemand weiß bis jetzt, wer er war. Wahrscheinlich war es eine Bande. Jemanden zu ermorden, zu verbrennen und dann in der Erde zu verscharren, das schafft ein Verbrecher allein nicht.«

Ich mischte mich ins Gespräch: »Hat man denn damals nach dem Verbrechen hier gar nicht bemerkt, dass eine Frau verschwunden ist?«

Für einen Moment herrschte Schweigen, dann sagte jemand: »Daran kann sich keiner mehr erinnern.«

Ich entgegnete: »Aber dem Untersuchungsrichter muss es doch aufgefallen sein.«

Mir schien, dass mein Einwand nicht geteilt wurde. Dadurch verstärkte sich eher das Gefühl in mir, ein Fremder zu sein, statt mir zu einem Kontakt zu verhelfen. Ich befürchtete, dass man es mir übel nehmen würde, wenn ich noch mehr Fragen stellte, und musste mich vor allem wegen der mir übertragenen Aufgabe in acht nehmen, zumal ich sehr empfindlich war, weil ich in langen Berufsjahren gelernt hatte, dass die Augen sich voll und ganz jedem Eindringling zuwenden mussten, der vielleicht die Sicherheit der Gegend und ihr seltsames Geheimnis bedrohte. Dann kam ich an die Reihe, und ich fand das Zimmer des Maklers voll von Mitarbeitern. Ich bemerkte, dass auch sie über das Verbrechen redeten, obwohl sie ganz in ihre Arbeit vertieft schienen. Sogar der Makler selbst beteiligte sich an der Unterhaltung und sagte: »Die Gegend hat kein anderes Gesprächsthema als das Verbrechen. Man hört es auf dem Markt, in den Büros und Fabriken, in den Hütten und Villen.«

»Das ist doch ganz natürlich.«

»Und was für einen Sinn hat es?«

Der Makler meinte: »Es ist Geschwätz, ein fruchtloser Ausdruck der Furcht und der Schwäche, nutzloses Geschwätz.«

»Eines Tages werden wir herausbekommen, wer die Ermordete war, und dann kann man den Mörder festnehmen.«

Der Makler wiederholte: »Geschwätz und leere Wünsche.«

»Und warum diese Furcht? Es ist wirklich so, als ob jeder Einzelne im Viertel fürchtet, es könnte ihm genauso ergehen.«

Ich verließ das Büro, nachdem ich ein möbliertes Zimmer in einem Haus im El-Scharki-Viertel gemietet hatte, mitten unter den Leuten, mit deren Hilfe ich die ersehnte Wahrheit herausfinden wollte. Ich erinnerte mich an die Unterredung mit meinem Chef, bei der ich schließlich mit der Aufgabe betraut worden war. Er sagte: »Sie gehen in die Gegend, um Erkundigungen einzuziehen und Nachforschungen anzustellen«, und fügte hinzu: »Es ist ein Glück, dass niemand von den Sicherheitsbeamten dort Sie kennt.«

Ich fragte interessiert und höflich: »Aber warum das Misstrauen?«

»Nun gut, auch schon früher wurden Spuren von Verbrechen beseitigt, und dann wurde gegen unbekannt geklagt. Jene Verbrechen waren jedoch nicht so scheußlich wie das heutige. Aber wer weiß, ob diese Geschichte nicht genauso ausgeht wie die anderen?«

»Und die dortigen Sicherheitsbeamten, was tun sie?«

»Wollen Sie meine Meinung wissen? Sie halten zusammen. Vielleicht spielen sie die Hauptrolle, wenn es darum geht, die Spuren des Verbrechens zu verwischen.«

»Aber warum?«

»Genau das sollen Sie für mich feststellen.«

»Und die Leute in der Gegend, auf welchem Standpunkt stehen sie?«

»Das ist die Frage.«

»Gehört nicht die Ermordete ebenso zu ihnen wie der Mörder?«

»Daran glaube ich fest.«

»Warum werden dann nicht die Tatsachen aufgedeckt und die Verbrecher festgenommen, wie das überall üblich ist?«

»Das ist die Frage.«

So verlief das Gespräch, bevor ich mit dem Auftrag betraut wurde. Meine Aufgabe war nicht, insgeheim Nachforschungen anzustellen, wer die Ermordete war, oder den Mörder festzunehmen. Das stand nicht in meiner Macht, gehörte nicht in meinen Kompetenzbereich und war auch viel zu schwierig, da das Verbrechen bereits etwa fünf Jahre zurücklag. Mir war lediglich aufgetragen worden, die geheimen Ursachen dafür festzustellen, warum in diesem Viertel die Spuren des Verbrechens verwischt wurden, und herauszufinden, weshalb die Leute dabei gemeinsame Sache machten, die Armen, die Reichen und die Sicherheitsbeamten.

Ich verließ mein Zimmer, um der Arbeit nachzugehen, die ich mir zum Scheine gesucht hatte, als ein Bote kam und mich aufforderte, im Sicherheitsbüro zu erscheinen. Ich machte mich sofort auf den Weg und war unruhig und pessimistisch. Was sollte die Aufforderung? Hatte ich mit irgendetwas ihren Argwohn geweckt? Sollte ich mich einer Provokation gegenüber behaupten, da ich gerade erst mit der Arbeit begonnen hatte?

Dann stand ich vor dem Offizier, der mich nach Namen und Beruf fragte. Ich nannte meinen Namen und erklärte: »Ich bin Taxifahrer.«

Ich reichte ihm meinen Personalausweis und die Fahrerlaubnis. Er prüfte beides sorgfältig, und ich vertraute darauf, dass er nichts finden würde, was seinen Zweifel erregte. Dann sah er mich mit einem durchdringenden Blick an und fragte mich: »Warum haben Sie sich diese Gegend ausgesucht?«

Ich entgegnete nach kurzem Überlegen: »Das ist ein verbrieftes Recht für jeden Bürger und meiner Meinung nach kein Grund für eine Befragung.«

Er wiederholte seine Frage kühl: »Warum haben Sie sich diese Gegend ausgesucht, um zu arbeiten?«

Da ich keine unnötigen Scherereien heraufbeschwören wollte, zog ich es vor, friedfertig zu bleiben, und antwortete: »Weil der Arbeitsbereich hier so begrenzt ist, dass er für meinen Gesundheitszustand das Richtige ist und mir garantiert, was ich zum Leben brauche. Ich habe diese Gegend gewählt, weil ich hier geboren wurde.«

»Haben Sie hier Angehörige oder Bekannte?«

»Nein, sie sind vor etwa fünfundzwanzig Jahren weggezogen.«

»Das Verbrechen hat gegenüber Fremden allgemein eine Abneigung hervorgerufen.«

Ich hätte ihn beinah gefragt, ob sie wüssten, wer die Verbrecher waren, aber ich besann mich und fragte: »Soll ich deswegen hier ausgewiesen werden?«

Er gab mir meinen Ausweis und die Fahrerlaubnis zurück und empfahl kühl: »Gehen Sie!«

Ich ging und dachte darüber nach, wie groß wohl sein Argwohn gegen mich war, aber ich fand absolut nichts in meinem Verhalten, wodurch ich aufgefallen sein könnte. So verbannte ich diesen Verdacht aus meinen Gedanken und setzte meinen Weg fort, ohne mir weiter irgendwelche Dinge einzureden oder mir meinen geheimen Auftrag anmerken zu lassen.

Während ich zwei Männer im Taxi zum Bahnhof fuhr, hörte ich zu, wie sie sich über das Verbrechen unterhielten: »Scheußlich, scheußlich! Und wie grausam!«

»Sie war überaus schön.«

»Aber das Feuer hat nichts von ihr übrig gelassen.«

»Ich meine, wenn sie nicht schön gewesen wäre, hätte man sie nicht ermordet. Du verstehst mich doch.«

»Natürlich. Dass fünf Jahre vergangen sind, seitdem sie verscharrt wurde, macht es nahezu unmöglich, eine Spur zu ermitteln.«

Ich mischte mich ins Gespräch: »Ich habe in den Zeitungen gelesen, dass es möglich ist, durch eine wissenschaftliche Untersuchung sogar bei Mumien die Todesursachen festzustellen. Und wenn die Ursache ein Verbrechen war, dann kann man durch eine Analyse der historischen Begleitumstände herausfinden, wer der Mörder war, ein Einzelner oder eine Gruppe.«

Die beiden Männer lachten, und einer von ihnen sagte: »Zur Zeit der Pharaonen gab es überzeugende Gründe, warum die Menschen starben oder ermordet wurden.«

Sie lachten wieder.

Ich sagte mir, dass die Gespräche der Leute keinen Beweis dafür böten, dass sie zusammenhielten, sondern dass sie nur ihre Unzufriedenheit offenbarten, selbst wenn sie zusammenhielten. Warum machten sie gemeinsame Sache dabei, die Spuren des Verbrechens zu beseitigen und den Mörder und den Mord zu decken, ob sie es wollten oder nicht?

Einmal fuhr ich eine Familie nach Ujun El-Mija, da drehte sich das Gespräch ebenfalls um das Verbrechen. »Alles Anderslautende ist nur ein Gerücht.«

»Du weißt ebenso wie wir, dass es die Wahrheit ist.«

Ich spitzte sofort die Ohren, aber ich sah im Spiegel, wie eine Frau die Redenden warnte, indem sie mit dem Kinn auf mich wies.

Ich suchte verschiedene Gegenden auf, ich verfolgte die Gespräche im Taxi, ich speicherte die Worte in meinem Gedächtnis, ich prüfte und durchdachte sie nach allen Richtungen. Mithilfe logischer Schlussverfahren kam ich zu bestimmten Ergebnissen. Aus jeder Bemerkung zog ich Nutzen.

Einmal fragte ich meinen Chef – ich besuchte ihn immer, wenn ich einen Fahrgast in die Hauptstadt brachte –: »Besteht nicht die Möglichkeit, dass der Verbrecher, wer immer es war, aus einer ganz anderen Gegend stammt?«

»Auch das ist nicht ausgeschlossen. In dem Fall wäre es ein normales Verbrechen, und die Gerechtigkeit könnte ihren Lauf nehmen.«

»Was veranlasst die Armen des El-Scharki-Viertels, sich bei der Verschleierung des Verbrechens mit den Reichen des El-Gharbi-Viertels zusammenzutun, trotz der scharfen Gegensätze, die zwischen beiden Seiten bestehen?«

»Ihre Frage beweist, dass Sie auf dem richtigen Wege sind.«

»Ich halte es für wahrscheinlich, dass der Mörder einer von den Reichen ist.«

»Das ist ein sehr vernünftiger Gedanke.«

»Heißt das, dass die Ermordete von der anderen Seite stammt?«

»Vielleicht …«

»Das Geheimnis liegt darin, warum alle zusammenhalten, sogar die Sicherheitsbeamten.«

»Das ist das Problem …«

Nach allem, was in der Gegend erzählt wurde, wusste ich, dass der Leichnam bei Ausschachtungsarbeiten für eine psychiatrische Klinik entdeckt worden war. Ich hörte sogar von dem Bauarbeiter, der zuerst auf sie gestoßen war. Es handelte sich um einen Oberägypter, der gern im Sonnencafé im El-Scharki-Viertel saß. Ich legte es darauf an, ihn kennenzulernen, und setzte mich zu ihm. Wir tranken gemeinsam Tee.

Ich fragte ihn: »Was empfanden Sie, als Sie auf den verscharrten Leichnam stießen?«

Er antwortete stolz: »Ich rief meine Kameraden, dann kam die Polizei.«

Unser Gespräch blieb an der Oberfläche, wir verschoben die wichtigen Fragen auf eine weitere Begegnung. Aber ich fand ihn danach nicht wieder. Es wurde gesagt, dass ihn irgendwelche Umstände zur plötzlichen Abreise nach Oberägypten gezwungen hätten. Ob das wohl nur ein Zufall war? Mich befiel Unruhe, ich fürchtete, beobachtet zu werden, wie ich es nicht erwartet hatte. Ich verstärkte meine Aufmerksamkeit so weit wie möglich, setzte aber die ganze Zeit die Ermittlungen fort, mit denen ich beauftragt war. Ich nahm jeden sich bietenden Kontakt wahr und versuchte, möglichst viele Freundschaften zu schließen. Ich leistete zahllose Dienste. Das Verbrechen war immer noch in jedermanns Munde, in den Häusern und Cafèstuben, auf dem Suk und im Taxi. Man sprach davon immer wieder mit Zorn und Verachtung, manchmal auch spöttisch, aber der Vorhang des Geheimnisvollen wurde nie gelüftet. Da war etwas in den Tiefen, was nach Ausdruck verlangte, was ins Unterbewusste verdrängt worden war, Furcht oder Scham oder auch der fiebrige Wunsch zu fliehen. Eines Tages, als ich auf dem Suk war, beobachtete ich, dass einer armen Frau Tränen in den Augen standen, als sie einem nicht enden wollenden Gespräch über das Verbrechen zuhörte. Ihr Gesicht in seiner Armseligkeit und seiner welken, durch Vernachlässigung und Elend verkümmerten Schönheit zog mich an. Ob sie wohl aus einem allgemein menschlichen Gefühl heraus weinte, oder ob sie die Sache näher anging? Ich beschloss sofort, ihr von Weitem zu folgen. Vielleicht würde ich auf etwas stoßen.

Als ich zum äußersten Ende des Suks kam, rief mir eine Stimme zu: »Da treiben Sie sich hier herum und vernachlässigen Ihre Arbeit!«

Ich wandte mich um und sah den Offizier dastehen, der mich in der ihm eigenen kühlen Art anblickte. Ich gab vor: »Ich bin gekommen, um einzukaufen.«

»Und wo ist das Taxi?«

»Auf dem neuen Platz.«

Er ging seiner Wege und ließ mich verwirrt zurück. Ich suchte nach der Frau, aber sie war in der Menge verschwunden. Es kam mir ganz so vor, als stünde ich nicht einem blinden Zufall, sondern einem wohl arrangierten Plan gegenüber und als müsste ich meine Vorsicht verdoppeln.

Mehrere Tage hintereinander betätigte ich mich nur als Taxifahrer, und ich beauftragte eine Brautwerberin damit, mir eine passende Braut zu suchen. Dann schlich ich mich einmal, gegen Mitternacht, zu der Weinstube bei den Anhöhen des Suks. Ich fand sie gedrängt voll von Leuten, die tranken, Witze erzählten und Lieder sangen. Es war heiß von den Ausdünstungen so vieler Menschen, vom Rauch und durch die verbrauchte Luft. Ich trank wenig, aber ich gab mich berauscht und fröhlich. Ich schärfte meine Sinne, um unverhoffte Äußerungen und unbeabsichtigt entschlüpfte Bemerkungen zu erhaschen. Wie gewöhnlich berührte jedes Gespräch, jede Äußerung, jeder Scherz das Verbrechen. Ich wunderte mich: »Es ist, als wären sie alle Verbrecher oder Opfer oder beides gleichzeitig.«

Unter all den Unterhaltungen hörte ich ein leidenschaftliches, wie mir schien, bedeutungsvolles Zwiegespräch.

Ein Mann protestierte: »Wir sind schwach.«

»Nein, feige«, entgegnete der andere heftig.

»Was tust du, wenn sich dir eine Wand aus Feuer in den Weg stellt?«

»Ich stürze mich hinein.«

»Dann tu das, und zeig uns deinen Mut!«

Sie zankten sich lachend. Ich stürzte mich auf Wortfetzen, die, wenn man sie richtig ordnete und überprüfte, als wichtige Geständnisse oder doch dem Ähnliches dienen könnten. Während ich das tat, atmete ich heftig vor Aufregung. Irgendetwas veranlasste mich, den Kopf zum Eingang zu wenden, wie bei einer Gedankenübertragung, da sah ich, wie der Offizier sich hinausschlich. Augenblicklich legten sich mein Rausch und meine Erregung. Mein Berufsinstinkt wurde wach, und ich begriff die drohende Gefahr, in der ich mich befand. Wer ein so gefährliches Geheimnis kannte, dem drohte der Untergang. Ich weiß, wie es in meinem Beruf zugeht. Deswegen musste ich mit klarem Verstand nachdenken. Ich musste das Lokal verlassen, bevor eine Schlägerei inszeniert wurde, um mir den Garaus zu machen. Ich musste es vermeiden, durch die leeren Straßen zu gehen, ich durfte auch das Taxi nicht benutzen, weil es aus unbekannten Gründen explodieren konnte. Kehre nicht in dein Zimmer zurück, so sagte ich mir, damit dich nicht jemand, der dort in einer Ecke hockt, ermordet. Geh durch die Obeliskenallee direkt zum Bahnhof. Dort gibt es viele Möglichkeiten, in die Hauptstadt zu gelangen.

Auf dem Bahnhofsplatz spürte ich, wie sich mir eine Hand auf die Schultern legte. Ich wandte mich blitzschnell um und sah den Offizier vor mir. Wir blickten uns kurz an, dann lächelte er und erklärte: »Ich bin gekommen, um Sie zu verabschieden, wie es unter Kollegen üblich ist.«

Ich gab es auf, zu widersprechen, und murmelte: »Danke.«

Er lachte: »Warum haben Sie das Taxi ohne Fahrer zurückgelassen?«

Ich entgegnete, ebenfalls spöttisch: »Ich lasse es in sicheren Händen.«

Er lachte wieder: »Welche Beobachtungen nehmen Sie mit sich?«

Ich dachte länger nach, dann erwiderte ich: »Dass Sie Ihre Pflicht nicht tun.«

»Die Leute reden nicht.«

»Ich weiß, dass die einen von den anderen abhängig sind, wenn sie arbeiten, um zu leben, aber der Zorn sammelt sich in den Tiefen, und Geduld hat Grenzen.«

Er schüttelte verächtlich den Kopf und fragte: »Was ist denn Ihrer Meinung nach unsere Pflicht?«

»Gerechtigkeit walten zu lassen.«

»Nein.«

»Nein?«

»Unsere Pflicht ist, die Sicherheit zu wahren.«

»Kann man die Sicherheit wahren, indem man die Gerechtigkeit preisgibt?«

»Vielleicht sogar, indem man alle Werte preisgibt.«

»Sie haben eine verfluchte Art zu denken.«

»Haben Sie sich schon einmal vorgestellt, was geschehen kann, wenn wir Gerechtigkeit walten lassen?«

»Das kommt früher oder später sowieso.«

»Bevor Sie Ihren Bericht machen, denken Sie nach. Schreiben Sie ohne verlogene Idealisierung! Was werden Sie schreiben?«

»Ich werde schreiben, dass alle Werte ihre Gültigkeit verloren haben, aber die Sicherheit gefestigt ist.«

Auf Freiersfüßen

An diesem Punkt unseres Gesprächs neigte er sich zu mir, sodass ich seinen Atem an meiner Schläfe spürte, und riet: »Entschließ dich doch endlich zu heiraten!«

Ich hörte seinen Vorschlag nicht ungern. Tatsächlich hatte ich sehnsüchtig darauf gewartet, dass er so etwas sage. Ich glaubte allmählich, heiraten wäre für mich das einzige noch wertvolle Abenteuer.

So entgegnete ich: »Eine gute Idee!«

»Und was erwartest du?«

»Nun, dass die Braut ein anständiges Mädchen ist.«

»Hast du schon ernsthaft Ausschau gehalten?«

»Dafür habe ich keine Zeit.«

Sein Interesse an dem Thema belebte sich, und er meinte: »Ein schwieriger Fall, aber bis jetzt hat sich noch immer ein Ausweg ergeben. Was für Bedingungen stellst du denn?«

»Eine passende Braut, das ist alles, was ich suche.«

»Eine Frau fürs Haus oder eine Frau mit Beruf?«

»Eine Frau fürs Haus wäre vorteilhaft, aber eine Frau mit Beruf hat zweifellos auch ihre Vorzüge.«

»Weil sie ein eigenes Einkommen hat?«

»Ob sie nichts besitzt oder selbst Geld verdient, jede wäre mir gleich recht.«

»Und wie soll sie aussehen, was denkst du?«

»Mir genügt, wenn sie liebenswürdig ist.«

»Deine Bedingungen sind leicht zu erfüllen. Du suchst eine Frau, die angenehm im Umgang ist.«

»Nicht mehr und nicht weniger.«

Er sagte zuversichtlich: »Dein Wunsch kann erfüllt werden. Kennst du die Familie Miri, Abid Miri? Seine Tochter schlage ich dir vor.«

Eines Tages nahm er mich zur Familie Abid Miri mit und stellte mich dem Vater, der Mutter und dem jungen Mädchen vor. Tatsächlich verließ ich ihre Wohnung als Verliebter oder doch in einem Zustand, der dem sehr nahe kam. Das Mädchen schien mir vorbildlich zu sein in seiner Ernsthaftigkeit, Weiblichkeit und häuslichen Tugend. Die würdige Haltung des Vaters und der Stolz der Mutter gefielen mir. Bei diesem Besuch kam es zu einer ersten Übereinkunft, und das entspricht – überträgt man es in unsere Behördensprache – der Anwartschaft auf eine Beamtenlaufbahn. Das Wichtigste stand noch aus, nämlich die Vorlage der Personalpapiere und des polizeilichen Führungszeugnisses, um bei dem Vergleich zu bleiben. Ich meinerseits zog Erkundigungen über die Familie ein und erfuhr erwartungsgemäß Widersprüchliches. Man sagte mir: »Was für ein Glück! Diese Familie ist nicht wie alle anderen. Sie ist eine Garantie für Geborgenheit und Frieden im Leben und im Tod.«

Ein anderer warnte mich: »Lass dich nicht von Äußerlichkeiten blenden. Die Ketten der Sklaverei werden dich erdrücken.«

Ich hörte Geschichten darüber, dass einige Familienmitglieder wahnsinnig geworden wären und andere Selbstmord begangen hätten, aber das brachte meinen Entschluss nicht ins Wanken. Ich vertraute meiner langen Lebenserfahrung und meiner guten Menschenkenntnis. Wie ein Rausch überkam mich die Lust zum Abenteuer und der Entschluss, an die Tore des Unbekannten zu pochen. Mir schien, dass das Leben wirklich dem glich, was da immer gesagt wurde. Wir empfangen es und verbinden mit ihm unsere Wunschträume von Sicherheit, die über den Tod hinausreicht, dann tritt es uns entgegen als das glorreiche Unbekannte, als etwas schwer Durchschaubares, das wir auf uns nehmen, und wir hören nicht auf, es zu lieben, und hängen an ihm bis zum Tode.

Gleichzeitig verfolgte mich die Familie mit ihren Nachforschungen, die weit in die Tiefen meines Wesens und meiner Vergangenheit reichten. Mich befiel eine gewisse Unruhe. Ich hoffte, dass man Nachsicht üben und schließlich Verständnis aufbringen würde.

Mein Freund, der zwischen uns vermittelte, kam zu mir und sagte: »Erst jetzt weiß ich über deine Gesundheit Bescheid.«

Ich erschrak und fragte: »Was, sie stellen sogar Nachforschungen an, ob ich gesund bin?«

»Natürlich. Viele gelten am Ende nur wegen ihrer robusten Gesundheit als rechtschaffen.«

»Gott sei Dank bin ich kerngesund.«

»Aber in deiner Brust, unterhalb des Schlüsselbeins, steckt schon seit langer Zeit eine Kugel.«

Ich lachte, wie von Erinnerungen berauscht: »Das ist eine alte Geschichte.«

»Aber wieso bist du von einer Kugel getroffen worden?«

Ich erwiderte nach einigem Zögern: »Bei einem Protestmarsch.«

»Das gibt jeder vor, der eine alte Kugel im Leibe stecken hat.«

»Zweifeln sie etwa daran?«

»Der Alte zweifelt allmählich selbst an der Revolution, obwohl er sie miterlebt hat. Er sagte heute, dass es keine Revolution gegeben hat, dass nicht geschossen wurde und dass niemand dabei sein Leben gelassen hat.«

»Das ist doch reiner Wahnsinn.«

Der Freund lächelte. »Jedenfalls ist es ein glücklicher Umstand, dass jemand Abid Miri gesagt hat, du seiest von dieser Kugel in einem Vergnügungslokal getroffen worden.«

»Du hältst das für einen glücklichen Umstand?«

»In gewissem Maße ja. Jugendlichen Leichtsinn kann man entschuldigen, aber wer in politische Angelegenheiten verwickelt war, setzt womöglich auch einmal seine Familie unbekannten Gefahren aus. Doch was das betrifft, habe ich dich verteidigt.«

»Was hast du denn gesagt?«

»Ich habe gesagt, dass du keiner Partei angehörst, dass du keine eigene Meinung hast und dass du dem Staat treu ergeben bist, dass du weder zu den Liberalen noch zu den Kommunisten oder den Muslimbrüdern gehört hast – das alles empfiehlt dich zweifellos als einen hoffnungsvollen Ehemann mit gesicherter Zukunft.«

Niedergeschlagen entgegnete ich: »Aber es ist ungerecht zu sagen, dass ich in einem Tanzlokal mein Leben aufs Spiel gesetzt hätte.«

»Lassen wir das! Aber warum fürchtest du dich so vor Schaben?«

Ich lachte laut auf. »Ist das dein Ernst?«

»Man sagt, dass du kostbare Zeit vergeudest, um Küche, Bad und andere Zimmer einzusprühen, und dass du vor Schreck laut aufschreist, wenn du eine Schabe zu sehen bekommst, sogar wenn es sich nur um die kleine deutsche Art handelt.«

»So beschreibst du sie?«

»Das ist wirklich eine belanglose Sache – oder etwa nicht, hat sie etwas zu bedeuten? Das ist die Frage. Man sagt nämlich, dass sich deiner Meinung nach die Lage des Landes bedeutend verbessern würde, wenn erst die Schaben erfolgreich vernichtet wären.«

Jetzt ärgerte ich mich schon, dass ich ihm überhaupt zuhörte, und fragte verächtlich: »Kümmert man sich im Hause Abid Miri wirklich um solche Albernheiten?«

»Mein Lieber, sie halten einige Erinnerungen in Ehren, die mit Schaben zusammenhängen.«

»Nein!«

»Es ist tatsächlich so. Sie hatten eine Großmutter, die glaubte, dass die Schaben einige Geheimnisse des Daseins mit sich tragen.«

Spöttisch schlug ich vor: »So wollen wir denn aus lauter Zuneigung zur Familie Miri künftig die Schaben verehren!«

Wieder allein, machte ich mir meine Gedanken, wie schwierig so ein Weg bis zur Ehe und wie töricht es war, vorher Erkundigungen einzuziehen. Grad so, als trachteten Menschen danach, dass die Übereinstimmung zwischen den beiden Eheleuten vollkommen sei, ohne jeden Makel, von vornherein vorhanden ohne jede Mühe gemeinsamer Erfahrungen, möglichst schon lange vor Beginn des ehelichen Zusammenlebens. Dabei wird völlig vergessen, dass der Mensch die ungewöhnliche Fähigkeit besitzt, sich den Forderungen des Lebens anzupassen. Der Mensch, der die Epochen des Jäger-, Hirten- und Pflanzerdasein durchlebt, Dürre und Eiszeit überstanden, schwierige Widersprüche gelöst und sich selbst in einer Weise verwirklicht hat, die ihm das Weiterleben garantiert, dieser Mensch ist zweifellos auch in der Lage, sich seiner Braut anzupassen, mögen seine und ihre Vergangenheit noch so unterschiedlich sein. Ich erinnerte mich des früher gegen mich erhobenen Vorwurfs, dass ich keiner Partei angehörte und dass man mich deswegen der Dummheit, mangelnder patriotischer Erziehung, der Frivolität und des Egoismus bezichtigt hatte, und wie man mir das jetzt zum Vorteil anrechnete bei all diesen Nachforschungen, die wie eine Flut über mich hereingebrochen waren und meine verborgenen Fehler ans Licht bringen sollten.

Zwei Wochen danach kam mein Freund wieder zu mir. Ich erkundigte mich voller Unruhe bei ihm: »Natürlich sind die Nachforschungen noch im Gange?«

Da lachte er kurz: »Jetzt geht es um deinen Lebenswandel.«

»Der gehört der Vergangenheit an, ich bin entschlossen, mein Leben von Grund auf zu ändern.«

»Das habe ich auch gesagt. Aber die Vergangenheit erscheint manchen Leuten nun einmal als die einzige Wahrheit.«

»Das ist doch wirklich ein törichter Standpunkt!«

Er lenkte freundlich ein, so als empfände auch er es als Last, was man ihm aufgebürdet hatte. »Sie redeten von Glücksspielen!«

Ich rief sofort: »Nein, ich bin keine Spielernatur. Ich habe nur ein paar Mal gespielt und es dann gelassen.«

»Und wie steht es mit dem Alkohol?«

»Hör zu und glaube mir. Ich war und bin immer noch ein äußerst mäßiger Trinker. Ich war nur ein einziges Mal betrunken.«

»Die Familie Miri fürchtet nicht so sehr das Trinken als vielmehr seine schlimmen Folgen.«

»Es gab keine.«

»Abid Miri selbst trinkt, und wenn er getrunken hat, singt er. Aber ihm ist erzählt worden, dass du dich einmal spitzzüngig über den Despotismus ausgelassen hast, als du betrunken warst.«

»Ich habe dir doch gesagt, dass ich nur ein einziges Mal betrunken war.«

»Vielleicht ist das bei diesem einen Mal geschehen. Abid Miri fürchtet, dass sich das wiederholen könnte, wenn du Ehemann und Vater geworden bist.«

Ich erwiderte heftig: »Glaub mir, seine Furcht ist unbegründet. Außerdem, warum erwähnt er dieses eine Versehen und vergisst mein langjähriges Wohlverhalten gegenüber dem Despotismus, während ich bei klarem Verstand war.«

»Über dieses Thema ließe sich diskutieren – vielleicht später einmal. Aber wie steht es mit deiner Neigung zu den Frauen der Mohammed-Ali-Straße?«

Alles um mich herum erschien mir düster, und ich verteidigte mich: »Keines Mannes Vergangenheit ist frei von Zeitvertreib dieser Art.«

»Abid Miri billigt das zwar, aber er empört sich über deinen Geschmack. Er sagt von dir, wenn er eine besondere Neigung zu diesen Frauen hat, wie kann er dann zu einem anständigen Mädchen wie meiner Tochter passen?«

»Gibt es denn einen wirklichen Unterschied zwischen seiner Tochter und den Frauen der Mohammed Ali-Straße?«

Mein Freund schmunzelte. »Ach, wenn er doch hören könnte, wie du das sagst!«

Kummervolles Schweigen herrschte. Mitleid zeichnete sich auf dem Gesicht meines Freundes ab, aber ich bedeutete ihm fortzufahren. So berichtete er: »Sie reden darüber, dass du eine fertig eingerichtete Eigentumswohnung besitzt.«

»Ich habe die Absicht, nach der Hochzeit dort zu wohnen. Was ist Schlimmes daran?«

»Die Wohnung interessiert nicht, aber wen empfängst du dort ständig?«

»Worauf wollen die Schufte hinaus?«

»Jetzt wirst du böse, und ich werde besser schweigen.«

»Sag, was du weißt! Und wenn du eine Antwort hören willst: Ich treffe mich dort mit einigen Freunden.«

»Freunde besonderer Art. Einige unserer Busenfreunde, reiche Araber.«

»Ich habe sie eingeladen, weil sie meine Freunde, aber nicht weil sie reich sind. Und befreundet bin ich mit ihnen, seit ich in ihr Land geschickt wurde, um dort zu arbeiten.«

»Ich glaube dir ja, aber du weißt, wie diese harmlosen Beziehungen durch böse Zungen ausgelegt werden.«

Ich schäumte vor Zorn: »Hör mal zu, meine Geduld hat Grenzen!«

»Sei nicht ärgerlich! Das ist eine Prüfung, die sich jeder gefallen lassen muss, der heiraten will.«

Ich wunderte mich – und dazu hatte ich ein Recht –, wie eifrig die Leute ihre Erkundigungen einziehen. Mich erstaunte das besonders, weil wir doch in einer Zeit leben, in der herkömmliche Werte nichts mehr gelten und das Laster triumphiert. Warum sind die Leute so unerbittlich bei ihren Nachforschungen! Glauben denn die Väter, Ehegatten für ihre Töchter aus einem Niemandsland außerhalb der Zeit und der Geschichte wählen zu können? Ist denn der Ehestand in unserer Gesellschaft wichtiger als der Beruf? Klagen die Leute nicht Tag und Nacht laut über unzulängliche Dienstleistungen und dabei natürlich auch über die, die dafür verantwortlich sind? Wie heiratet denn jene Prominenz und wie entkommen diese Leute der Geißel der Nachforschungen? Meine Begeisterung für die Ehe erlahmte allmählich. Ich bereute es, mich dem Gerede von Leuten ausgesetzt zu haben, die weder Barmherzigkeit noch Scham kannten.

Nachdem drei Wochen vergangen waren, kam mein Freund erneut zu mir. Sofort überfiel ich ihn mit den Worten: »Meine Ausdauer ist erschöpft.«

Er wies mich zurecht: »Ich verachte Schwäche. Halte stand bis zum Ende! Du wirst dir doch dein Selbstvertrauen nicht rauben lassen!«

»Die Ehe wird ein Misserfolg für mich werden, außerdem lehne ich den schlechten Ruf ab, den man mir anhängt.«

»Du kannst überzeugt sein, dass ich nichts dergleichen gehört habe. Höre du aber, was man über deine Arbeit sagt!«

Er reizte meine Neugier so sehr, dass ich mich nicht mehr zurückhalten konnte. Er sagte: »Viele bescheinigen dir, dass du ganz in deiner Arbeit aufgehst.« Ich bemerkte nichts dazu und erwartete Unerfreuliches.

»Aber man behauptet, dass du herrschsüchtig bist und es liebst, alles an dich zu reißen, und dich dann beklagst, wenn die Beamten nicht mit dir zusammenarbeiten.«

»Ich will darüber nicht streiten. Aber was hat das damit zu tun, ob ich für die Ehe tauge?«

»Alles, und sei es noch so nebensächlich, hat damit zu tun.«

»Also weiter!«

»Man spricht auch von einer Ermittlung, die deinetwegen angestellt worden ist, es ging dabei um ein Versammlungsgebäude.«

»Und was war das Ergebnis? Eine Ermittlung ist nur ein Verfahren. Sie ist weder etwas Gutes noch etwas Schlechtes. Sie sehen doch, dass ich weiterhin arbeite, ja, ich bin nach der Ermittlung sogar zweimal befördert worden. Was argwöhnen sie also deswegen?«

»Du hast recht.«

»So hat sich dieser Punkt für uns erledigt.«

»Aber man sagt auch, dass du gedroht hast, andere einzubeziehen, die höher stehen als du, und dass die Ermittlung deswegen eingestellt wurde.«

»Verdammt sollen sie sein!«

»Das haben sie verdient.«

»Wirst du sie dazu bringen, das einzusehen?«

»Ja, sie sollen verdammt sein! Aber sie fragen noch weiter: Wieso lebt er in solchem Wohlstand? Wie kam er zu der möblierten Eigentumswohnung und zu seinem Auto? Woher hat er das alles?«

Ich ballte vor Ärger die Faust und erklärte: »Sie tun so, als ob sie nicht wüssten, was ich von meinem Vater geerbt habe. Und sie tun so, als wäre ihnen auch entgangen, dass einige meiner Lehrbücher in die Schullehrpläne arabischer Länder aufgenommen wurden. Ich beziehe mein Einkommen aus jedermann erkennbaren, ehrenhaften Quellen.«

Ich erwartete, dass er nun über die sprechen würde, die meine Bücher in die Lehrpläne aufgenommen haben, und über ihre Beziehungen zu den Freunden, die ich in der Eigentumswohnung empfange, aber er tat das nicht. Er schien vor dem Feuer meines Zorns zurückzuschrecken. Trotzdem maß er mich mit einem kurzen Blick, in dem ich las, was er nicht wiederholen wollte. Dann lachte er: »Der kindische Abid Miri neigt dazu, auf Lügen zu hören. Bei unserer letzten Begegnung sagte er mir, dass Misstrauen ein Zeichen von Klugheit wäre und dass er allmählich glaubte, jener Bräutigam hätte etwas mit dem 5. Juni 1967 zu tun.«*

---

* Erster Tag des Junikrieges 1967 zwischen Ägypten und Israel, in dem Ägypten eine empfindliche Niederlage erlitt.

Bestürzt rief ich aus: »Jetzt bin ich auch schon für den 5. Juni 1967 verantwortlich!«

Schnell verließ ich den Raum. Vor Ärger sah ich kaum, wohin ich lief. Was weiß der Kindskopf über den 5. Juni? Wenn ich auch alle meine Schwächen zugebe, so gelte ich doch als ein Mann von Charakter, und ich lege Wert darauf, als ein solcher zu gelten. Nur wenn ich es anderen gleichtun wollte, habe ich Fehler gemacht. Gleichzeitig war ich ein Opfer, ja ein Opfer meiner Vorgesetzten, die mir ein schlechtes Beispiel gaben. Und jetzt wird mir das Paradies, eine eigene Familie zu gründen, verwehrt, als wäre ich ein einziger Bösewicht!

Ich beschloss, den Gedanken an eine Ehe endgültig aufzugeben, und sagte mir, dass der Mann nicht nur durch und für die Frau lebt.

Gleichzeitig bereute ich heftig, mich dem Sturm ausgesetzt zu haben, der mich durcheinanderschüttelte.

Ich saß auf meinem Lieblingsplatz, als ich meinen Freund von Weitem kommen sah. Innerlich wiederholte ich die entscheidenden groben Worte, mit denen ich ihm entgegentreten wollte. Ich wollte ihm verkünden, dass ich mich für alle Ewigkeit einer Eheschließung widersetzen würde.

Mein Freund überfiel mich, noch bevor er mir guten Tag sagte, mit den Worten: »Abid Miri lässt dich grüßen. Er bittet dich darum, dass du so schnell wie möglich einen Termin für die Bekanntgabe der Verlobung festsetzt.«

Die segensreiche Nacht

Die ganze Kneipe bestand nur aus einem einzigen Raum, in der Mitte die Bar und ein mit Flaschen bestücktes Tablar. Sie lag in der recht bescheidenen Nuri-Gasse, einer Seitengasse der Clot-Bey-Straße, hieß »Die Blume« und war bei den alten Männern, die dem Alkohol frönten, höchst beliebt. Der Barmann, auch er schon recht betagt, strahlte Ruhe aus und schätzte das Schweigen, doch gleichzeitig verbreitete er Herzlichkeit und Liebenswürdigkeit. Im Gegensatz zu anderen Kneipen herrschte hier wunderbare Ruhe. Die hier verkehrten, waren in sich zurückgezogen und unterhielten sich mit Blicken.

In der segensreichen Nacht brach der Barmann sein Schweigen.

»Gestern habe ich geträumt«, so erzählte er, »einem Glückskind werde ein Geschenk zuteil.«

Da hob Safwans Herz an, eine Melodie zu jubeln, begleitet vom Spiel einer verborgenen Laute, und gleich elektrischem Strom durchwallten die Wogen des Weins sein Inneres. »Gesegnet sei diese segensreiche Nacht«, wünschte er sich selbst.

Berauscht torkelte er aus der Kneipe und tauchte in die erhabene Nacht ein, unter einem Herbsthimmel, an dem so mancher Stern blinkte. Er ging Richtung Nosha-Straße, überquerte den Platz, weinselig, doch ohne den geringsten Anflug von Benommenheit. Nun, da die Läden ihre Tore geschlossen hatten und die Wohnungen schlafen gegangen waren, schien die Straße geduckt unter dem Schleier der Dunkelheit; Licht gab es nur im Bereich der in Abständen aufgestellten Straßenlaternen.

Vor seinem Haus blieb er stehen. Es war das vierte auf der rechten Seite, Nummer 2, einstöckig, mit einem alten Vorplatz, einstmals ein Garten, von dem jedoch nichts übrig war als eine einzige, hohe Palme. Die tiefe Dunkelheit, die es umgab, überraschte ihn. Warum nur hatte seine Frau nicht wie gewöhnlich das Licht bei der Tür angeschaltet? Merkwürdig auch, wie die Umrisse eine ganz andere Form zu haben schienen, düster, klotzig, trostlos, ja, wie das Haus einen Geruch von Alter auszuströmen schien. »He da!«, rief er laut.

Hinter dem Zaun richtete sich vor seinen Augen eine Männergestalt auf, hustete und erkundigte sich dann, wer er sei und was er wolle.

Safwan war verblüfft, einen Fremden vorzufinden, und fragte ihn scharf: »Wer sind Sie, und wie kommen Sie in mein Haus?«

»Ihr Haus?«, gab der Mann unfreundlich zurück.

»Wer sind Sie?«

»Ich bin ein Hüter der religiösen Stiftungsdomänen.«

»Aber das ist mein Haus.«

»Das ist ein seit alters verlassenes Haus«, rief der Mann spöttisch. »Die Menschen machen einen Bogen darum, weil allerhand Gerüchte umgehen, es sei von Geistern bewohnt.«

Safwan räumte ein, er habe sich wohl im Haus getäuscht, und eilte zum Platz zurück, wo er sich gründlich umschaute. Dann warf er einen Blick auf das Straßenschild. »Nosha« las er mit lauter Stimme und ging, die Häuser zählend, ein weiteres Mal in die Straße hinein. Beim vierten blieb er verblüfft stehen, war drauf und dran, wahnsinnig zu werden, fand er doch weder sein eigenes Haus noch das Spukhaus. Zwischen den anderen Häusern lag ein offenes Stück Land mit ein paar Steinbrocken darauf, sonst nichts.

»Habe ich nun mein Haus oder meinen Verstand verloren?«

Er sah einen Polizisten näher kommen, der die Schlösser der Läden überprüfte, stellte sich ihm in den Weg und fragte ihn, auf das freie Stück Land zeigend: »Was sehen Sie da?«

»Was Sie sicher auch selbst sehen, ein Grundstück mit ein paar Steinbrocken darauf«, murmelte der Polizist mit einem misstrauischen Blick auf Safwan. »Manchmal werden hier große Zelte für Leichenfeiern aufgestellt.«

»An dieser Stelle hätte ich eigentlich mein Haus finden sollen«, erklärte Safwan. »Ich habe es erst heute Nachmittag verlassen; meine Frau war gesund und wohlbehalten darin. Wann hätte man es denn einreißen und die Trümmer wegschaffen sollen?« Da begrub der Polizist ein plötzlich hervorbrechendes Lächeln hinter einer ernsten Beamtenmiene.

»Fragen Sie doch das unheilvolle Gift da in Ihrem Magen«, antwortete er unwirsch.

»Also bitte«, brauste Safwan auf, »Sie sprechen immerhin mit einem ehemaligen Generaldirektor.«

Da fasste ihn der Polizist am Arm und führte ihn ab.

»Trunkenheit und öffentliche Ruhestörung«, bemerkte er dazu. Auf der nahe gelegenen Polizeistation führte er ihn dem Dienst tuenden Offizier vor; er habe ihn auf frischer Tat ertappt. Der Offizier hatte Mitleid mit ihm wegen seiner würdigen Erscheinung und wegen seines Alters. Er verlangte den Ausweis. Safwan holte seinen Ausweis hervor.

»Ich bin im Vollbesitz meiner geistigen Kräfte, aber von meinem Haus fehlt jede Spur.«

»Das ist ja eine ganz neue Art von Diebstahl«, meinte der Offizier lachend. »Kaum zu glauben!«

»Aber ich sage Ihnen die reine Wahrheit«, erklärte Safwan beunruhigt.

»Der Wahrheit geschieht viel Unrecht. Aus Respekt vor Ihrem Alter will ich aber Gnade vor Recht ergehen lassen.« Und dem Polizisten trug er auf: »Bring ihn zur Nosha-Straße 42.«

Der Polizist brachte ihn hin, und endlich stand Safwan vor seinem Haus, so wie er es kannte. Trotz seiner Trunkenheit schämte er sich plötzlich. Er öffnete das Gartentor, überquerte den Hof, öffnete die Haustür, schaltete das Flurlicht an … und erschrak;

er befand sich in einem Flur, den er noch nie zuvor gesehen hatte, der absolut keine Ähnlichkeit mit dem Flur seines Hauses hatte, in dem er ein halbes Jahrhundert gelebt hatte, währenddessen die Möbel unansehnlich, die Wände schäbig geworden waren. Er beschloss, das Weite zu suchen, bevor man ihn entdeckte, und eilte auf die Straße hinaus. Dort blieb er stehen und betrachtete das Haus von außen. Nach Aussehen und Lage war es sein Haus, und er hatte auch die Türen mit seinem eigenen Schlüssel geöffnet – daran gab es nicht den geringsten Zweifel. Wie kam es zu der Veränderung im Innern? Da war eine kleine Lampe in Form eines Kerzenhalters, die Wände waren tapeziert, der Teppich neu. Einerseits also war es sein Haus, andererseits aber war es ein fremdes Haus. Und was war mit Sadrija, seiner Frau?

»Ich trinke seit einem halben Jahrhundert«, sagte er laut vor sich hin. »Was konnte in dieser segensreichen Nacht geschehen sein?«

Er stellte sich vor, wie ihn seine sieben verheirateten Töchter, Tränen in den Augen, ansähen, doch er beschloss, sein Problem allein zu lösen, ohne Beizug der Behörden. Andernfalls würde er sich sicher dem Schwert des Gesetzes ausliefern. Also trat er an den Zaun und begann, in die Hände zu klatschen, worauf die Haustür aufging und eine Person auftauchte, die er nicht klar erkennen konnte.

»Was hindert dich hereinzukommen?«, fragte ihn eine Frauenstimme. Er hatte den Eindruck, es sei eine fremde Stimme, jedenfalls war er nicht sicher und fragte deshalb: »Bitte, wem gehört dieses Haus?«

»Steht es so schlimm?«, rief die Frau. »Nein, also wirklich …«

»Ich bin Safwan«, sagte er zurückhaltend.

»Komm rein, du weckst noch alle auf.«

»Bist du Sadrija?«

»Mein Gott, das darf doch nicht wahr sein! Jemand erwartet dich im Haus.«

»Um diese Zeit?«

»Er wartet seit zehn Uhr.«

»Auf mich?«

Sie murmelte etwas, worauf er sich nochmals erkundigte: »Bist du Sadrija?«

»Mein Gott, das ist ja schrecklich«, rief sie, mit ihrer Geduld am Ende. Erst vorsichtig, dann immer forscher ging er hinein und stand wieder in dem neu gemachten Flur. Die Tür zum Wohnzimmer war offen, helle Lampen erleuchteten das Innere. Die Frau jedoch war verschwunden. Er ging ins Wohnzimmer hinein, das sich in ebenso neuem Gewand zeigte wie der Flur. Wohin war das Zimmer mit seinen alten Möbeln verschwunden? Frisch gestrichene Wände, ein großer Lüster, an dem Laternen in spanischem Stil hingen, ein blauer Teppich, ein gemütliches Sofa und bequeme Sessel. Ein prächtiges Zimmer!

Vorne im Raum saß ein fremder Mann, den er noch nie zuvor gesehen hatte. Er war hager, dunkelhäutig, mit einer Nase, die an einen Papageienschnabel erinnerte; sein Blick war scharf, der Anzug, den er trug, schwarz; dabei hatte der Herbst noch kaum seine ersten Schritte getan.

»Sie kommen recht viel zu spät zu unserer Verabredung«, überfiel ihn der Mann verärgert.

Safwan war überrascht, auch etwas gereizt. »Welche Verabredung?«, wollte er wissen. »Wer sind Sie überhaupt?«

»So hatte ich es mir vorgestellt«, rief der Mann. »Vergessen! Wahr oder nicht, es ist immer die gleiche Klage. Täglich wiederholt es sich. Doch es ist nutzlos, das steht außer Frage.«

»Was soll dieser Quatsch?«, rief Safwan scharf.

Der Mann blieb gefasst. »Ich weiß, dass Sie einen guten Schluck schätzen«, sagte er, »und dass es mitunter auch etwas zu viel wird.«

»Sie reden mit mir wie ein Vormund«, unterbrach ihn Safwan, »und ich kenne Sie nicht einmal. Außerdem bin ich doch etwas erstaunt, dass Sie in ein Haus eindringen, während der Hausherr abwesend ist.«

Der Mann lachte eisig.

»Hausherr!?«

»Sie zweifeln also?«, fragte Safwan heftig. »In diesem Fall sehe ich mich genötigt, die Polizei zu rufen.«

Der Mann wurde zornig. »Damit sie Sie wegen Trunkenheit und Nachtruhestörung und Betrug festnimmt.«

»Halten Sie Ihren Mund, Sie unverschämter Lügner!«

Der Mann schlug mit einer Hand auf die andere. »Sie geben also vor, mich nicht zu kennen, und glauben, so Ihre vertraglichen Verpflichtungen nicht erfüllen zu müssen? Doch an diesen gibt es nichts zu deuteln.«

»Ich kenne Sie nicht, und ich weiß nicht, wovon Sie reden.«

»So, wirklich? Sie wollen also behaupten, Sie hätten vergessen und seien an allem unbeteiligt? Haben Sie etwa nicht zum Verkauf Ihres Hauses und Ihrer Frau Ihre Einwilligung gegeben und diese Nacht für die Abwicklung der letzten Formalitäten festgelegt?«

Safwan war völlig verblüfft. »Sie sind ein ganz satanischer Lügner«, rief er.

Der Mann zuckte seelenruhig mit den Schultern und entgegnete: »Immer dasselbe. Immer dasselbe. Schämen sollten Sie sich!«

»Sie sind völlig übergeschnappt, daran gibt es nichts zu deuteln.«

»Ich verfüge über Beweise und Zeugen.«

»Ich habe noch nie in meinem Leben gehört, dass jemand zu so etwas imstande gewesen wäre.«

»Ganz im Gegenteil, das passiert ständig, aber Sie sind ein talentierter Schauspieler und außerdem betrunken.«

Safwan war in höchster Erregung und sagte: »Ich ersuche Sie, umgehend dieses Haus zu verlassen.«

Doch der Mann entgegnete völlig unbeirrt: »Aber nein, lassen Sie uns doch die noch fehlenden Formalitäten erledigen.«

Er stand auf und ging zu der ins Innere des Hauses führenden Tür, klopfte. Dann setzte er sich wieder an seinen Platz. Unmittelbar danach trat ein kurz gewachsener Mann mit flacher Nase und vorspringender Stirn ein, der eine mit Papieren prall gefüllte Akte unterm Arm trug. Er verbeugte sich grüßend und setzte sich. Safwan durchbohrte ihn mit einem gehässigen Blick und rief: »Seit wann ist mein Haus eigentlich ein Obdachlosenheim?«

Der erste Mann stellte den Neuankömmling vor: »Der Herr Anwalt.«

»Und wer gab Ihnen«, so fragte Safwan scharf, »die Erlaubnis, mein Haus zu betreten?«

Der Anwalt lächelte. »Sie sind wirklich in schlechter Verfassung, doch Gott wird es Ihnen nachsehen. Was ist der Grund für Ihren Ärger?«

»Was für ein unverschämter Mensch Sie sind!«

Der Anwalt überging es völlig ungerührt und erklärte: »Der Vertrag ist eindeutig zu Ihrem Vorteil.«

»Welcher Vertrag?«, fragte Safwan erstaunt.

»Sie wissen doch genau, wovon ich rede. Ich möchte Ihnen jedoch gleich zu verstehen geben, dass Rücktrittserwägungen zum jetzigen Zeitpunkt nutzlos sind; das Gesetz steht hier auf unserer Seite, übrigens auch der gesunde Menschenverstand. Dürfte ich Sie fragen, ob Sie dieses Haus wirklich als Ihr Eigentum betrachten?«

Zum ersten Mal fühlte Safwan sich verunsichert. »Ja … und nein …«

»Befand es sich im Augenblick, da Sie es verlassen haben, in diesem Zustand?«

»Durchaus nicht.«

»Es handelt sich also um ein anderes Haus?«

»Aber die Lage, die Hausnummer und die Straße stimmen.«

»All das sind Zufälligkeiten, die das Wesentliche unberührt lassen. Außerdem gibt es da noch etwas anderes.«

Er stand auf, klopfte an die Tür und setzte sich dann wieder.

Unmittelbar danach trat eine recht attraktive Frau mittleren Alters ein; sie hatte ein gepflegtes Äußeres, aber einen traurigen Gesichtsausdruck. Nachdem sie neben dem ersten Mann Platz genommen hatte, fragte der Anwalt weiter: »Erkennen Sie in dieser Dame Ihre Frau?«

Es schien Safwan, als ob sie ihr sehr ähnelte, doch er konnte nicht anders und sagte: »Aber nein.«

»Sehr schön! Weder ist also das Haus Ihr Haus, noch ist die Frau Ihre Frau. Nun müssen Sie nur noch Ihre Unterschrift unter den Abschlussvertrag setzen und können dann gehen.«

»Gehen? Wohin denn?«

»Aber bitte, mein Herr, seien Sie doch nicht so starrsinnig! Der Vertrag ist eindeutig zu Ihrem Vorteil, und Sie wussten das.«

Da klingelte das Telefon – zu dieser späten Nachtstunde! Der Anrufer war der Barmann. Safwan war überrascht. Es war das erste Mal in seinem Leben, dass er ihn anrief.

»Herr Safwan, unterzeichnen Sie unverzüglich!«

»Du wusstest davon?«

»Unterzeichnen Sie! Das ist eine Gelegenheit, wie es sie nur einmal im Leben gibt.«

Der andere legte auf. Da erinnerte sich Safwan plötzlich an das kurze Gespräch am Abend, und er entspannte sich, beruhigte sich und ergab sich willig. In Sekundenschnelle veränderte er sich vollständig, seine Miene entkrampfte sich, und die Spannung wich von ihm. Dann unterschrieb er. Daraufhin überreichte ihm der Anwalt ein ziemlich schweres Köfferchen und sagte: »Gott segne Ihre Schritte. In diesem Koffer finden Sie alles, was ein glücklicher Mensch in dieser Welt braucht.«

Der erste Mann klatschte in die Hände, worauf ein kräftig gebauter Mann hereinkam, der auf einnehmende Art übers ganze Gesicht lächelte.

»Dies ist ein verlässlicher und in seiner Art äußerst erfahrener Mensch, der Sie zu Ihrer neuen Bleibe führen wird. Es ist wirklich ein vorteilhaftes Geschäft.«

Der kräftig gebaute Mann ging aus dem Haus. Safwan folgte ihm ruhig und vertrauensvoll; seine Hand hielt den Griff des Koffers umfasst. Der Mann trat hinaus in die Nacht. Safwan folgte ihm. Als ihm die frische Luft entgegenschlug, taumelte er und musste feststellen, dass er sich von seinem Alkoholgenuss in der segensreichen Nacht noch nicht erholt hatte.

Der Mann schritt kräftig aus; der Abstand zwischen ihnen wurde größer. Trotz der Wirkung des Alkohols beschleunigte auch Safwan seinen Schritt, den Blick auf die Gestalt des anderen geheftet. Wie dieser mit seinem Körperbau nur eine solche Beweglichkeit verbinden konnte, fragte er sich.

»Nicht so schnell, guter Freund«, rief er ihm zu.

Doch das schien diesen nur zu noch größerer Eile anzuspornen. Er legte los mit schnellen Schritten, sodass Safwan in Laufschritt fallen musste, da er befürchtete, er könnte ihn und damit seine letzte Hoffnung verlieren. Doch aus Angst, er könnte ein solches Tempo nicht durchhalten, rief er nochmals: »Nicht so schnell, sonst verlaufe ich mich.«

Da preschte der andere ohne Rücksicht auf Safwan los, worauf auch dieser, völlig in Angst und Schrecken und ohne einen Gedanken an die Folgen, losrannte. Das erforderte von ihm eine große Anstrengung und war dazu noch nutzlos, denn der Mann verlor sich in der Finsternis und entschwand seinem Blick. Nun befürchtete Safwan, jener könnte vor ihm am Janabi-Patz ankommen, von dem zahlreiche Straßen abgingen, und er selbst wüsste dann nicht, welche Richtung jener eingeschlagen hätte. Da rannte er, so schnell ihn seine Füße trugen, entschlossen, ihn einzuholen. Seine Anstrengungen trugen Früchte. An der Straßengabelung tauchte die Gestalt des anderen wieder vor ihm auf. Er sah ihn geradeaus aufs freie Feld eilen. Die Straßen, die in die östlichen und in die westlichen Stadtteile führten, ignorierte er. Safwan jagte hinter ihm her, immer weiter, ohne Pause und auch ohne das geringste Gefühl von Ermüdung. Angenehme Düfte füllten seine Nase; vielfältige Erinnerungen an

Dinge wurden wach, die zu genießen und zu erleben er nie Zeit gefunden hatte.

Als sie draußen auf dem freien Feld unter dem weiten Himmel waren, verlangsamte der Mann sein Tempo, bis er erst nur noch lief, dann ging. Schließlich hielt er an, und Safwan konnte ihn einholen. Keuchend blieb er stehen und starrte in die völlige Finsternis, die nur vom glitzernden Licht der Sterne durchbrochen war.

»Wo ist die neue Bleibe?«, wollte er wissen. Der Mann schwieg. Und da spürte Safwan, wie sich plötzlich ein Gewicht auf seine Schultern und seinen ganzen Körper herabsenkte. So etwas hatte er noch nie erlebt. Das Gewicht nahm zu und zog weiter, bis es ihm vorkam, als müssten seine Füße in der Erde versinken. Unerträglich schwer drückten sie auf den Boden, und in einer spontanen Regung zog er seine Schuhe aus. Als der Druck dennoch stieg, legte er auch seine Jacke und seine Hose ab und warf beides auf die Erde. Doch auch das hatte keine spürbare Wirkung, und so entledigte er sich auch noch seiner Unterwäsche, ohne sich um den kühlen Herbst zu kümmern. Doch der Schmerz brannte weiter, und so sah er keine andere Lösung mehr, als, seufzend, auch den Koffer zu Boden fallen zu lassen. In diesem Augenblick gewann er die feste Überzeugung, er habe sein Gleichgewicht wiedergefunden und könne jetzt die noch verbleibenden Schritte tun. Er wartete darauf, dass sein Begleiter etwas unternähme, doch dieser war in Schweigen versunken. Safwan hätte sich gern mit ihm unterhalten, doch jedes Gespräch war ihm unmöglich, und die völlige Stille kroch ihm durch die Poren bis ins Herz. Und da schien es ihm, als werde er in kurzer Zeit jener Unterhaltung lauschen, die die Sterne miteinander führen.

Der Graben

Trotz der bemerkenswerten Aufmerksamkeit, die ich der Körperpflege und der Hygiene im Allgemeinen schenke, werde ich das Gefühl von Schmutz und Krankheit nicht los; es ist wie eine fixe Idee, eine hartnäckige, bedrückende Vorstellung. Ich bewohne ja nicht nur einen Körper samt Gliedern, sondern auch, in einer verwahrlosten, im Unrat versinkenden Gasse, eine alte, heruntergekommene Wohnung. Darin ist von der Decke die Farbe abgeblättert und gibt mancherorts farblose Adern frei. An den Wänden sind Risse entstanden, die sich teils kreuzen, teils parallel laufen. Der Fußboden schließlich ist an vielen Stellen aufgebrochen, und die entstandenen Erhöhungen und Vertiefungen führen, durch die abgewetzten Teppiche hindurch, einen Kampf mit den Füßen. Decke und Wände strahlen im Sommer brennende Hitze aus und sondern im Winter Feuchtigkeit ab, teils gar sprühregengleich. Die Treppe ist im Zustand fortschreitenden Verfalls begriffen; eine Stufe hat sich schon völlig aufgelöst, und die Hälfte davon ist abgebrochen, wodurch jeder Fehltritt beim Hinauf- oder Hinabsteigen im Dunkel der Nacht zu einer nicht zu unterschätzenden Gefahr geworden ist. Zu alledem kommt noch jener lange Riss, der sich an der Hauswand hinzieht, auf der Seite, wo die Toiletten liegen. An dieser Seite sind auch Mörtel und Gips abgebröckelt, und der nackte Stein schaut heraus.

Ein Trottoir hat die Husni-Gasse überhaupt nicht mehr, und niemand erinnert sich, dass sie einmal sogar zwei gehabt hatte – niemand außer mir, der ich eben in diesem Haus geboren wurde. Im Gegensatz zur Familie des Ibrahim Effendi, die im mittleren Stock, und derjenigen von Scheich Muharram, die im Erdgeschoss wohnt. Beide sind vor längstens zwanzig Jahren in dieses Haus gezogen.

In meiner Jugend war das Haus in mittleren Jahren und in keinem üblen Zustand. Auch die Gasse hatte eine Oberfläche, ein Steinpflaster, und besaß, wie gesagt, zwei Trottoirs. Sie war nicht weniger ansehnlich als die Schorfa-Straße, in die sie weiter unten mündete. Die beiden Trottoirs sind unter dem Schmutz und dem Unrat verschwunden, die sich Tag für Tag dort anhäufen und sich allmählich von beiden Seiten zur Mitte der engen Straße vorschieben. In Kürze wird der für die Bewohner noch verbleibende Weg nur noch einem Graben gleichen. Möglicherweise wird er sogar zu eng sein für Sitt Fausija, Ibrahim Effendis Frau. Meine Empfindung ist beherrscht vom Schatten vergangener Zeit, von der Erwartung des Zusammenbruchs und der Allgegenwart des Schmutzes, und all das nährt in mir das Gefühl von Krankheit, ja auch von Angst.

Ich allein bin zurückgeblieben in einer Wohnung, aus der die anderen Bewohner teils in neue Häuser, teils in Friedhöfe weggezogen sind; und Beamter bin ich obendrein. Ein alleinstehender Beamter in einem Haus, das seinem Ende entgegengeht, der unter dem Griff der Teuerung stöhnt und der sich fragt, was mit ihm geschähe im Falle eines Erdbebens oder eines – in diesen kriegsschwangeren Tagen nicht auszuschließenden – Luftangriffs, oder was passierte im Falle des natürlichen, also ohne äußere Einwirkungen erfolgenden Ablebens des abgewirtschafteten Hauses. Ich fasse den Entschluss, diese Ängste mit derselben Energie zu verjagen, mit der sie mich jagen, meine Sache Gott anheimzustellen und mir keine Gedanken über etwas zu machen, bevor es eintritt. Dann verdränge ich meine Sorgen in einem Café unter Freunden – auch sie geplagte Beamte – oder vor dem Fernseher, dem im Café.

Doch die Sorgen kehren in ihrer konkretesten Form an jedem

Monatsersten zurück. Das ist der Tag der Sorge für Scheich Muharram und Sitt Fausija, die wegen ihrer starken Persönlichkeit die Geschäfte für ihren Mann erledigt. Und es ist der Tag der tausend Sorgen auch für mich. An diesem Tag erscheint bei uns nämlich Abdalfattach Effendi, der Postbote, der gleichzeitig Eigentümer des alten Hauses ist, ein Mann in den Fünfzigern, der beharrlich an seinem Fes festhält. Er ist ein unangenehmer Zeitgenosse, und das wohl nicht einmal wegen einer bestimmten Eigenschaft.

Auf seine Ankunft werde ich immer dadurch aufmerksam, dass ich Sitt Fausija höre, die ihn pausenlos aufs Gröbste beschimpft. Ich meinerseits behandle ihn so korrekt, wie ich es vermag. Ich bitte ihn herein, lasse ihn auf dem einzigen Sofa Platz nehmen und biete ihm Tee an. Ihm gefällt es, mit mir ein paar Höflichkeiten auszutauschen.

»Ich würde gern einmal hier erscheinen«, meint er dann, »und feststellen, dass Sie Ihre religiöse Pflicht erfüllt und geheiratet haben.«

Ich versuche, ihn nicht merken zu lassen, wie ich schlucke, und frage: »Haben Sie eine kostenlose Braut und eine Gratiseheschließung in petto?«

Daraufhin bläst er in den Tee, schlürft deutlich hörbar davon und schüttelt wortlos den Kopf. Ich gebe ihm die Miete, drei Pfund, die er spöttisch lächelnd entgegennimmt und mit den Fingern nachzählt.

»Das reicht nicht einmal für ein Kilo Fleisch«, meint er dann. »Und so was nennt man Hauseigentümer.« Dann, durch mein Schweigen ermutigt, fährt er fort: »Ein Almosen, weiß Gott.«

»Zwei elende Gestalten«, sage ich, »die sich gegenseitig das Leben sauer machen.«

»Wenn ihr Mieter nicht hier drin säßet, hätte ich das Haus längst für einen ordentlichen Preis verkauft.« Dann warnend: »Es ist am Zusammenbrechen; hat die Kommission euch nicht gewarnt?«

»Ja, sollen wir uns denn auf die Straße stürzen?«, möchte ich wissen.

Mehr und mehr geht mir das Gefühl von Festigkeit und Sicherheit verloren, wie mir auch das Gefühl von Sauberkeit und Hygiene verloren geht. Trotzdem bin ich noch besser dran als die anderen. Schließlich bin ich zumindest allein, nicht aus freien Stücken, nein, einfach weil ich mir etwas anderes nicht leisten kann, jedenfalls aber bin ich allein – ein Gefangener von Depression und Einsamkeit in einem seinem Zusammenbruch entgegengehenden Haus in einer unterm Müll versinkenden Gasse. Wahre Wunder vollbringe ich, um mir, wenn auch nur hin und wieder, etwas Schmackhaftes zum Essen zu verschaffen, außerdem etwas zum Anziehen, um damit die Selbstachtung eines Abteilungsdirektors zu bedecken. Ich träumte von einem Heim, wie ich es in den Anzeigen der Kooperativen sehe, und von einer Braut, wie ich sie auf den wöchentlichen Heiratsseiten betrachtete, oder auch nur einer wie Sitt Fausija. Dann tröste ich mich mit der Lektüre des Buches *Zierde der Heiligen,* vom Leben frommer, gottesfürchtiger, asketischer Männer, die irdische Sorgen beiseite schieben und ihre Zuflucht in ewigem Frieden suchen. Doch irgendeine Nachricht über den Zusammenbruch eines Hauses von dem ein Teil weggebrochen war, erschüttert mich zutiefst, holt mich zurück aus dem Paradies der Heiligen und füllt mich mit Entsetzen. Wo die Leute wohl hingehen? Was von ihrer Habe ihnen wohl bleibt? Wie sie wohl durchkommen? Dann verdoppelt sich mein Gefühl der Einsamkeit, obwohl ich doch zu einer Familie von den Ausmaßen eines Stammes gehöre, die über die ganze Stadt verteilt lebt. Brüder und Schwestern und Anverwandte, und dennoch diese würgende Einsamkeit. Sympathie ist etwas Schönes, aber es gibt keinen Haushalt, der einen Neuling aufnimmt. Jedes Haus ist gerade groß genug für seine Bewohner, und jeder Zweig trägt schwer an seinen eigenen Sorgen. Vielleicht könnte ich für einen Tag oder eine Woche ein Refugium finden. Ein Daueraufenthalt jedoch, nein, das wäre ein unerträgliches Krebsgeschwür.

Und so eile ich ins Café, das Zufluchtsparadies. Ich treffe Kollegen, und ich suche Erholung und Trost im Austausch von Klagen. Merkwürdigerweise zählen sie mich zu den Glücklichen unter ihnen, weil ich alleinstehend bin und keine große Verantwortung zu tragen habe. Meine schreckliche Einsamkeit ist zum Wert geworden, zum Gegenstand des Neides. Wie glücklich du bist – keine Frau, keine Tochter, keinen Sohn. Kein Generationskonflikt, keine Probleme mit der Verheiratung von Töchtern oder der Bezahlung von Privatstunden. Du kannst es dir leisten, einmal oder vielleicht sogar zweimal pro Woche ein Stück Fleisch zu essen. Du hast eine Wohnung für dich allein, die weder Zank noch Streit kennt. Dann nicke ich zufrieden mit dem Kopf, aber innerlich frage ich mich, ob sie die Schmerzen der Depression und der Einsamkeit vergessen haben. Doch in ihrem ständigen Jammern finde ich Trost – ein Trost wie ein kurzer Lichtschein, der auf ein Grab fällt. Einer von ihnen sagt einmal: »Ich habe eine Lösung für alle deine Probleme.«

Da schaue ich ihn interessiert und erwartungsvoll an.

»Eine Heirat«, sagt er, »die dir ein Heim und ein gemütliches Leben verschafft und dich keinen Pfennig kostet.« Und fast flüsternd fügt er hinzu: »Eine Frau, die zu deiner Stellung passt.«

Ich stelle mir sofort eine Frau vor, die nichts anderes Weibliches besitzt als einen Eintrag darüber im Zivilstandsregister. Eine abwegige Rettungsmethode, wie Perversion und die kleinen Sünden. Ein Rettungsring wie ein schwimmender Leichnam. Ich mag ja die Hoffnung verloren haben, doch meinen Stolz habe ich mir bewahrt. Aus diesem Grund hat man mich als gutmütig charakterisiert, was schon immer als Synonym für töricht galt. Dann kehre ich zu meinem Buch *Zierde der Heiligen* zurück oder lese die Zeitungen der Opposition. Möglicherweise suche ich manchmal auch Zuflucht bei den Schlichen der

Schmarotzer – ein verzeihlicher Fehltritt. Dann zeige ich mich in den Häusern meiner Verwandten – natürlich nicht zu den Essenszeiten. So tue ich mit größter Deutlichkeit meine Unschuld kund, hoffe aber trotzdem auf eine Einladung zur Tafel. Doch der Geist der Zeit glaubt nicht mehr an diese altehrwürdigen Traditionen, und heute ist alles anders, was Feste und Feiertage angeht. So muss ich mich glücklich schätzen, wenn ich ein oder zwei üppige Essen im Jahr erhalte. Sobald aber die Stimme der Hausfrau mein Ohr erreicht: »Du bist doch kein Fremder und auch kein Gast, fühl dich ganz wie zu Hause«, sobald grünes Licht erscheint, mache ich mich über das Essen her wie ein Geier, und man könnte meinen, es sei mein Henkersmahl.

Schlimmer noch als all das ist, dass ich ein ganz normaler Bürger bin, ohne Ehrgeiz und ohne Fantasie. An Ausbildung erhielt ich gerade genug, dass mich der Lauf der Dinge in irgendeine Verwaltungsabteilung brachte. Darüber hinaus hatte ich nie einen anderen Wunsch als ein nettes Mädchen und eine kleine Wohnung. Doch alles kam anders, ich weiß nicht, wie, und dies und jenes geschah, und so wurde mir dieses heruntergekommene Haus vom Schicksal zum Wohnsitz bestimmt. Je höher dann mein Gehalt war, desto weniger war es wert – es war wie in diesen rätselhaften Geschichten, die man im Fastenmonat Ramadan zu hören bekommt. Meine Jugend schmolz in der Inflation dahin, und jeden Tag kämpfte ich gegen die tosenden Wogen, die mich zu überfluten drohten.

»Wandere aus«, sagten manche zu mir, »Reisen bringt tausendfach Gewinn.«

Doch ich bin schwerfällig und hänge an meinem Land.

Aber ich ergab mich nicht den Klauen der Verzweiflung, und von Zeit zu Zeit leuchtet an meinem Himmel ein Blitz auf. Ministeriale Erklärungen, Schüsse der Opposition und Heiligengeschichtchen beleben mich. Gab nicht der große Gesetzesgelehrte Achmad Ibn Hanbal Almosen aufs Freigebigste, wenn der Hunger ihn am schlimmsten quälte? Und manchmal amüsiere ich mich am Fenster, indem ich Sitt Fausija beobachte, die in dem Graben zwischen den beiden immer näher zusammenwachsenden Rändern dahinstolziert.

Eines Tages dann beschloss ich, nach langer Zeit wieder einmal die Familiengruft zu besuchen, die ja im Falle eines Falles mein letztes Refugium sein könnte. Dort befindet sich ein Andachtsraum, außerdem eine Toilette – ein Unterschlupf für den, der keinen anderen Unterschlupf hat.

Ich sah die beiden alten Gräber unter freiem Himmel, ebenso Feigenkakteen in den Ecken. Der Andachtsraum rechts vom Eingang war zum eigentlichen Bienenhaus geworden – Frauen und Kinder gingen ein und aus, alte Möbel häuften sich darin, ebenso Kerosinherde und Töpfe und Pfannen, und über dem Ganzen lagen Düfte von Knoblauchsoße, Bohnen, Auberginen und Bratöl. Die Bewohner betrachteten mich misstrauisch, und tief in ihren Augen las ich eine Herausforderung und eine Warnung. Ich lächelte ergeben und blieb vor ihnen stehen, macht- und ruhmlos. »Nichts für ungut«, sagte ich zu einer Frau, deren Korpulenz mich an Sitt Fausija erinnerte, »aber was sollen wir tun, wenn ich den Raum als Unterschlupf brauche?«

»Sie sind der Hausherr«, entgegnete sie lachend, »wir sind Ihre Gäste. Wir würden Ihnen eine Ecke räumen. Menschen müssen einander helfen.«

»Gott vergelts«, sagte ich und gab mich dankbar.

Ich ging zu den beiden Gräbern, um die Fatiha, die erste Sure des Korans, zu sprechen, und dachte an all die Generationen, von denen nichts als Skelette geblieben sind – Scharen von Handwerkern und Händlern, von Beamten und Hausfrauen. Dann rief ich mir einen Onkel ins Gedächtnis zurück, dessen Lebensdaten mir nicht erinnerlich sind, von dessen Heldentod während der Revolution 1919 ich aber aus so manchem Mund gehört hatte.

Ich blieb ein Weilchen dort und wandte mich vertrauensvoll an sie – ganz im Stillen: »Möge Gott Erbarmen mit euch haben und mir euren Glauben zuteilwerden lassen. Und du, Onkel, gib mir etwas von deinem Mut.«

Die norwegische Ratte

Zum Glück waren wir nicht die Einzigen, die diese Prüfung zu bestehen hatten. Herr A. rief uns in seiner Eigenschaft als ältester Wohnungseigentümer im Haus zu sich, um die Sache mit uns gemeinsam zu bereden. Anwesend waren zehn Leute, darunter der Gastgeber, Herr A., der nicht bloß der Älteste, sondern auch der Wohlhabendste und Angesehenste unter uns war. Es fehlte kein Einziger, und wie hätte auch jemand fehlen können, wo es doch um das Problem mit den Ratten ging, die voraussichtlich bald in unsere Häuser einfallen und unsere Gesundheit und Sicherheit bedrohen würden!

»Wie ihr wisst …«, begann der Gastgeber in äußerst ernstem Ton, und dann trug er vor, was die Zeitungen tagtäglich über den Vormarsch der Ratten brachten, über die gewaltigen Rattenheere, die grässliche Verwüstungen hinterließen. Von überall her im Zimmer erhoben sich die Stimmen: »Was er erzählt, ist unglaublich!« – »Habt ihr den Fernsehbericht gesehen?« – »Es sind keine normalen Ratten, die greifen sogar Katzen und Menschen an!« – »Wird das Thema nicht vielleicht ein bisschen aufgebauscht?« – »Nein, nein, die Wahrheit übersteigt jede Vorstellung!«

Herr A. sagte gelassen und mit einigem Stolz auf seine führende Rolle: »Jedenfalls stehen wir nicht allein da, wie mir der Gouverneur versichert hat.« – »Gut zu hören.« – »Wir müssen nur peinlich genau den Anordnungen folgen, die entweder direkt von mir oder von der Regierung ergehen.«

Einem von uns kam in den Sinn zu fragen: »Wird das schwere

Belastungen für uns nach sich ziehen?« Herr A. flüchtete sich in die Religion: »Gott bürdet keiner Menschenseele Lasten auf, ohne sie vorher zu stärken.« »Hauptsache, sie sind überhaupt tragbar.« Er flüchtete sich in die Weisheit: »Man treibt nicht ein Übel mit einem anderen aus.«

An diesem Punkt sprach die Mehrheit der Stimmen: »So Gott will, wirst du uns bereit zur Mitarbeit finden.« Herr A. sagte: »Wir sind bei euch, aber verlasst euch nicht völlig auf uns, baut lieber auch auf euch selbst und lasst euch etwas einfallen.« – »Sehr vernünftig, nur was?« – »Besorgt Rattenfallen und die handelsüblichen Gifte.« – »Eine gute Idee!« – »Vermehrt die Zahl der Katzen im Treppenhaus, auf dem Dach und in den Wohnungen, soweit es die Umstände erlauben.« – »Aber man sagt, dass die norwegische Ratte die Katzen angreift!« – »Trotzdem ist es nicht unnütz.«

Wir kehrten bestärkt und entschlossen in unsere Behausungen zurück, und bald überwog der Gedanke an die Ratten alle übrigen Sorgen. Immer häufiger erschienen sie uns im Traum, immer mehr Raum nahmen sie in unseren Gesprächen ein, sie wurden zu unserem vordringlichsten Lebensproblem. Wir erfüllten die auf uns genommenen Pflichten und erwarteten ständig die Ankunft des Feindes. Einige sagten, es bliebe nur noch ganz wenig Zeit, andere hingegen, wir würden eines Tages als Ankündigung der drohenden Gefahr eine Ratte vorbeihuschen sehen.

Auch über die Vermehrung der Ratten gingen die Meinungen auseinander. Der eine führte sie auf die Räumung der Städte am Suezkanal zurück, ein Zweiter schrieb sie den Nachteilen des Assuan-Staudamms zu, ein Dritter schob sie auf die Misswirtschaft der Regierung. Die Mehrheit aber war sich einig, dass sie eine Strafe sei, die Gott über seine ungehorsamen Diener verhängt habe. Wir wendeten alle erdenkliche Mühe auf, um für das Rechte gerüstet zu sein, und keiner nahm es auf die leichte Schulter.

Bei einer der folgenden Zusammenkünfte in der Wohnung des verdienstvollen Herrn A. (Gott erhalte ihn!) sagte dieser: »Ich freue mich, dass ihr Vorkehrungen getroffen habt. Besondere Genugtuung bereiten mir die vielen Katzen unten im Eingang, da doch einige von euch nicht bereit schienen, für ihre Ernährung aufzukommen. Aber jetzt geht ja alles seinen ordentlichen Gang.« Er musterte uns zufrieden und fragte: »Wie stehts mit den Fallen?« Einer von uns, ein begnadeter Lehrer, antwortete ihm: »Mir ist eine magere von unseren einheimischen Ratten in die Falle gegangen.« – »Mager oder nicht, die Ratte ist ein Schädling. Und nun, da der Feind unsere Schwelle überschritten hat, drängt es mich, euch deutlich zu machen, dass ihr die Vorsichtsmaßnahmen verstärken müsst. Man wird neues Gift an uns verteilen, das mit Getreide zermahlen ist und an den heiklen Stellen wie der Küche ausgelegt wird, natürlich mit den notwendigen Vorkehrungen für den Schutz der Kinder, des Geflügels und der Haustiere.«

Gesagt, getan. Wir trösteten uns, wir seien nicht allein auf dem Schlachtfeld, und unser Lob ergoss sich über unsern heldenhaften Nachbarn und prachtvollen Gouverneur. Gewiss, die Last erhöhter Umsicht kam noch zu unseren täglichen Sorgen hinzu. Auch passierten unvermeidliche Missgeschicke. In einer Wohnung vergiftete sich eine Katze, in einer andern starben einige Hühner, Menschen kamen jedoch nicht zu Schaden.

Je mehr Zeit verging, desto mehr hatte die angespannte Erwartung Nervosität, Schlaflosigkeit und Überspannung zur Folge, und wir dachten schon, lieber ein Ende mit Schrecken als ein Schrecken ohne Ende.

Eines Tages traf ich einen Nachbarn an der Bushaltestelle, und er sagte zu mir: »Ich weiß aus sicherer Quelle, dass die Ratten ein ganzes Dorf total zugrunde gerichtet haben.« – »Davon stand nichts in der Zeitung.« Er starrte mich spöttisch an und sagte kein Wort mehr. Ich stellte mir einen Flecken Erde vor, der von einem Rattenaufgebot ohne Anfang und Ende überquoll, und eine Gruppe von Flüchtlingen, die ohne Plan und Ziel in der Wüstenei umherirrten. Mein Gott, konnte so etwas wirklich eintreten? Aber was war unmöglich daran? Hatte Gott nicht schon vorher die Sintflut und Scharen von Vögeln gesandt? Würden morgen die Leute von ihrem täglichen Kampf ablassen, um all ihre Besitztümer in den Schmelztiegel dieser Schlacht zu werfen? Und würden sie siegen, oder wäre es das Ende?

Bei der dritten Versammlung schien Herr A. gelöst, und er ergriff das Wort: »Glückwunsch, meine Herren, die Kampagne läuft reibungslos, die Verluste sind nicht der Rede wert und werden sich mit Gottes Hilfe nicht wiederholen. Wir sammeln allmählich Erfahrung im Kampf gegen die Ratte, und vielleicht werden sich in Zukunft andere mit der Bitte um Hilfe an uns wenden. Der Herr Gouverneur ist äußerst erfreut!«

Einer von uns wollte sich beschweren: »Ehrlich gesagt, unsere Nerven …« Aber Herr A. unterbrach: »Unsere Nerven? Schmälern Sie nicht unsern Erfolg durch ein unbedachtes Wort!« – »Wann geht der Rattensturm denn los?« – »Das lässt sich nicht sicher vorhersagen, und es ist auch egal, solange wir für die Schlacht gerüstet sind.« Nach einer Pause fuhr er fort: »Die neuen Anweisungen sind äußerst wichtig, sie betreffen nämlich die Fenster und Türen und alle Öffnungen in der Wand oder sonst wo. Schließt die Fenster und Türen, überprüft die unteren Türkanten sehr sorgfältig, und wenn auch nur ein Strohhalm durchgeht, dann stellt einen Holzbalken dahinter, um die Tür vollkommen abzudichten. Beim morgendlichen Saubermachen wird in einem Zimmer begonnen. Die Fenster werden geöffnet, und einer kehrt, während ein anderer, mit einem Stock bewehrt, dabeisteht und aufpasst. Dann werden die Fenster geschlossen, und im nächsten Zimmer geht dasselbe von vorne los. Nach der Reinigung muss die Wohnung ein luftdicht geschlossenes Gehäuse sein, wie auch immer das Wetter sein mag!«

Schweigend wechselten wir Blicke, und eine Stimme ließ sich vernehmen: »Das hält doch keiner durch!« Laut und deutlich sagte Herr A.: »Mehr noch, ihr müsst euch dabei die höchste Sorgfalt zur Regel machen.« – »Sogar im Gefängnis gibt es …« Aber da schnitt ihm Herr A. schon das Wort ab: »Wir befinden uns im Krieg, also in einem Ausnahmezustand, und es ist nicht bloß der Ruin, der uns droht, sondern es besteht auch Seuchengefahr, und damit Gott uns davor behütet, müssen wir unser Teil dazu beitragen!«

Kleinlaut taten wir, wie man uns geheißen hatte. Immer tiefer versanken wir im Sumpf von Abwarten und Achtgeben und was diese an Ärger und Überdruss begleitet. Die nervliche Anspannung wurde zur Qual und setzte sich in erbitterte tägliche Auseinandersetzungen zwischen Mann, Frau und Kindern um. Wir verfolgten die Nachrichten, und die norwegische Ratte mit ihrem massigen Leib, ihrem langen Schnurrbart und ihrem drohenden, glasigen Blick wurde zum Unglücksstern, der in unserer Vorstellung und unsern Träumen umhergeisterte und all unsere Gespräche auf sich zog.

Bei der letzten Versammlung sagte Herr A.: »Eine frohe Botschaft! Verschiedene Experten sind angewiesen, die Gebäude, die Wohnungen und die gefährdeten Örtlichkeiten zu untersuchen, und zwar ganz ohne zusätzliche Gebühren.« Das war eine angenehme Nachricht, die mit allgemeiner Zufriedenheit aufgenommen wurde, und wir hofften, etwas von der Last, die uns niederdrückte, von uns abschütteln zu können.

Eines Tages teilte uns der Pförtner mit, ein Beauftragter habe den Hausflur, das Treppenhaus, das Dach und die Garage untersucht; er habe sich anerkennend über die große Anzahl Katzen überall geäußert und ihm eingeschärft, die Wachsamkeit zu verstärken und jegliche Ratte, sei sie norwegisch oder ägyptisch, unverzüglich zu melden.

Nur eine Woche nach der Versammlung klingelte es an der Tür, und der Pförtner verkündete, der Beauftragte sei da und bäte zwecks Überprüfung um Zutritt zur Wohnung. Der Zeitpunkt war unglücklich gewählt, da meine Frau gerade das Mittagessen zubereitet hatte. Trotzdem eilte ich nach draußen, um den Ankömmling hereinzubitten, und fand mich vor einem Mann mittleren Alters mit einem strammen Körper und einem dichten Schnurrbart, dessen viereckiges Gesicht an einen Katzenkopf erinnerte mit seiner kurzen, platten Nase und seinem glasigen Blick. Ich begrüßte ihn und musste dabei ein Lächeln verbergen, das einem lauten Lachen nahe war.

»Da haben sie ja den Richtigen ausgewählt«, dachte ich bei mir. Ich ging vor ihm her, während er die Fallen und das ausgelegte Gift, die Fenster und Türen untersuchte und jedes Mal zustimmend nickte. Dennoch fand er in der Küche ein kleines Fenster, das mit einem engmaschigen Fliegendraht ausgeschlagen war, und sagte mit Nachdruck: »Macht das Fenster zu!« Meine Frau begann zu protestieren, aber er fiel ihr ins Wort: »Die norwegische Ratte zernagt sogar Draht!« Und als er sich Gewissheit verschafft hatte, dass seine Anweisung befolgt würde, begann er zu schnuppern und den Geruch des Essens zu loben. Ich sagte zu ihm: »Bitte, dürfen wir Ihnen etwas anbieten?« Er erwiderte schlicht: »Nur wer nicht geben kann, kann auch nicht nehmen.«

Auf der Stelle deckten wir den Tisch ganz alleine für ihn und beteuerten, wir hätten schon gegessen. Er setzte sich an den Tisch, als wäre er zu Hause. Er verschlang die Speisen ohne Hemmung und Scham und mit erstaunlicher Gier. Taktvoll zogen wir uns zurück, doch nach einer Weile meinte ich, einmal nach ihm sehen zu sollen; vielleicht brauchte er etwas. Tatsächlich füllte ich ihm den Teller erneut, dabei beobachtete ich eine auffällige Veränderung in seinem Aussehen, die mich zwang, ihn verblüfft anzustarren. Er machte den Eindruck, als ähnelten seine Gesichtszüge nicht mehr denen einer Katze, sondern denen einer Ratte, der norwegischen Ratte höchstpersönlich.

In meinem Kopf drehte sich alles, als ich zu meiner Frau zurückkehrte. Ich verschwieg ihr, was ich gesehen hatte, und forderte sie auf, sie möge sich um sein Wohlbefinden kümmern. Sie verschwand für eine oder zwei Minuten, dann kam sie mit einem aschfahlen Gesicht wieder, glotzte mich an wie betäubt und stammelte: »Hast du gesehen, wie er aussieht, wenn er isst?« Ich nickte, und sie flüsterte: »Man hält es kaum für möglich!« Ich stimmte ihr zu, indem ich meinen schwindligen Kopf schüttelte.

Jahre schon schienen wir in dieser Betäubung versunken zu sein, als uns seine Stimme aufschreckte, die munter aus dem großen Zimmer tönte: »Auf immer mögt ihr es reichlich haben!« Wir stürzten in seine Richtung; aber er hatte schon vor uns die Wohnungstür erreicht und war gegangen. Wir erblickten nur noch seinen schwankenden Rücken, dann eine flinke Drehung, und ein räuberisches Grinsen sagte uns Lebewohl. Wir standen hinter der geschlossenen Tür und sahen uns verstört an.

Lange geplant

Die Herausforderungen gestern – Hungern und Betteln, die von heute – schamloser Reichtum.

Ein morsches Haus für eine halbe Million. Isam al-Bakli war neugeboren, wiedererschaffen im siebzigsten Jahr seines Lebens. Er stand vor dem alten Spiegel, genoss sein Bild. Ein Bild des Verfalls, an dem Zeit, Hunger und Sorge kräftig genagt hatten. Das Gesicht – ein Gerüst aus hervorstehenden Knochen, überzogen mit gegerbter, welker Haut, eine schmale, fliehende Stirn, glanzlose Augen mit nur noch wenigen Wimpern, schwarze Stumpen als Zähne, faltig hängendes Fleisch unter dem Kinn und am Hals. Was bleibt noch vom Leben, wenn man siebzig ist? Und dennoch – plötzlicher Reichtum bringt einen Rausch mit sich. Unendlich vieles musste geschehen.

Der Millionär Isam al-Bakli – der Habenichts und Bettler Isam al-Bakli. Wer von den alten Freunden noch am Leben war, rief: »Habt ihr gehört, was al-Bakli passiert ist?«

»Was soll dem Strolch passiert sein?«

»Eine der neuen Gesellschaften hat ihm das alte Haus für eine halbe Million abgekauft.«

»Eine halbe Million?«

»Beim heiligen Buch Gottes!«

Ein Sturm des Staunens begann zu toben, fegte von Sakakini über Kubaisi bis hin nach Abbasija. Das Haus mit dem großen Hof lag in der Kuschtumur-Straße, Isam al-Bakli hatte es von der Mutter geerbt. Vor zehn Jahren war sie verschieden, nachdem das Alter sie zu einem Wrack gemacht hatte. Hartnäckig hatte sie sich ans Leben geklammert, bis schließlich doch die Seile gerissen und sie gefallen war. Isam al-Bakli hatte nicht sehr getrauert. Das Leben hatte ihn daran gewöhnt, nicht zu klagen.

Die kleine Familie hatte von der schmalen Rente der Mutter gelebt, für die Unterkunft sorgte das Haus. In der Schule war Isam al-Bakli kein Erfolg beschieden gewesen, einen Beruf hatte er nicht erlernt, nie war er zur Arbeit gegangen. Ein elender Habenichts, der sich beim Tricktrack dank großzügiger Freunde mit List ein paar Piaster ergaunerte. An Freunden hatte es ihm nie gemangelt, weder in der Schule, noch als er sich als Kind, Junge und junger Bursche in der Nachbarschaft herumgetrieben hatte. Isam al-Bakli besaß einen gewissen Charme, der seine vielen schlechten Eigenschaften verdeckte und seine Fehler verzeihbar machte. Angesichts seines elenden Lebens, das sich jeder hoffnungsvollen Zukunft versperrte, konnte er immer mit Mitleid rechnen.

Der Vater war Postangestellter gewesen, und da die Mutter das kleine, einstöckige Haus mit dem geräumigen, aber zu nichts zu gebrauchenden Hof in Kuschtumur geerbt hatte, konnte Isam al-Bakli mit Fug und Recht behaupten, der Sohn anständiger Leute, doch ohne Glück zu sein. In Wahrheit war er schon immer faul und dumm gewesen, ein Flegel, der deshalb auch die Schule hatte verlassen müssen. Fast das ganze Leben hatte er im Café »Isis« verbracht, immer als Schuldner, der nur manchmal durch Betrug oder die Großzügigkeit der Freunde zu etwas Geld kam. Ein Freund, der Anwalt Othman al-Kulla, hatte ihm einst vorgeschlagen, in seinem Büro am Platz der Armee zu arbeiten. Doch Isam al-Bakli hatte strikt abgelehnt – Arbeit hasste er wie die Pest.

Musste er den Tag allein verbringen, weil die Freunde ihrer Beschäftigung nachgingen, dann frönte er der Faulheit und döste vor sich hin. Am besten ging es ihm noch, wenn es Wahlen gab, Hochzeiten gefeiert wurden oder Begräbnisse stattfanden, denn dann konnte er von seinem lustigen Wesen und den netten Freunden gut leben. Er machte Späße, als wäre das sein Beruf, er sang und tanzte gut genug, um ein Bohnengericht, ein Stück Zuckerkuchen oder auch zwei Züge Haschisch zu ergattern.

Seine natürlichen Instinkte waren immer unterdrückt, hungernd, besessen geblieben. An Gerichten kannte man im Kuschtumur-Haus nur Bohnen – als Brei, Tamija oder gekocht mit Öl oder Zwiebeln –, Auberginen und Linsen. In seinen Träumen aber weidete er sich bei geheimnisvollen Gastmahlen und frönte seiner sinnlichen Lust. Wahre Legenden verbreitete er über Liebesabenteuer mit Witwen, geschiedenen, ja sogar verheirateten Frauen, und wenn ihn auch niemand der Lüge bezichtigte, so glaubte ihm auch niemand. Für alle verband sich mit ihm von frühester Jugend an das Bild vom Habenichts, mit einem Anzug vom Trödelmarkt, frühzeitig einsetzender Glatze und blässlicher Gesichtsfarbe. Kein Wort glaubte man also von seinen Legenden, bis auf eine Geschichte, die von der verwitweten und zehn Jahre älteren Dienerin, mit der er umgehend Schwierigkeiten und Streit bekommen hatte, als er merkte, dass sie ihn heiraten wollte. Ja, sie hatte sogar verlangt, er sollte sich Arbeit suchen, weil eine untätige Hand unsauber wäre. Die Trennung vollzog sich mittels einer Prügelei, bei der beiderseits Schläge auf Kopf und Rücken ausgeteilt wurden. Das war das einzige Abenteuer mit einer Frau, bezeugt von seinem Nachbarn, Herrn Othman al-Kulla, der davon auch im Café berichtete, und zwar mit den Worten: »Wahrlich, da ist euch eine Vorstellung entgangen, wie es sie besser nicht im Zirkus gibt. Eine Frau, prall wie ein Kohlensack, die wahre Fluten von Schimpfkanonaden über unseren werten al-Bakli im Hof seines ehrwürdigen Hauses ausschüttet, und das gut hörbar und in Sichtweite seiner verehrten und völlig verstörten Frau Mutter. Geendet hat die Schlacht nur, weil, bevor er den Geist aufzugeben drohte, ein paar anständige Leute eingriffen, was die Frau aber nicht daran hinderte, im nächsten Augenblick über die Mutter herzufallen.«

Abgesehen von diesem Fehlschlag blieb Isam al-Bakli nichts weiter, als sich gierig die Augen auszugucken, wenn auf der Straße Frauen vorbeigingen. Da glühte sein Herz ähnlich heftig, wie ihm der Bauch vor Hunger brannte. Der einzige Mensch, über den er den Kelch des Zorns ergießen konnte, war die Mutter, die ihm mit der Liebe einer alten Frau für den einzigen Sohn anhing. Wann immer sie ihn drängte, sich Arbeit zu suchen und ein rechtschaffener Mensch zu werden, fragte er herausfordernd: »Wann scheidest du endlich aus dieser Welt?«, worauf die alte Frau immer nur lächelnd erwiderte: »Vergebe dir Gott, bloß was machst du ohne meine Rente?«

»Ich verkaufe das Haus.«

»Du wirst nicht mehr als fünfhundert Pfund bekommen, und wenn du die nach zwei Monaten durchgebracht hast, musst du betteln gehen.«

Nie ließ er sie ein gutes Wort hören. Seine Freunde rieten ihm, sein Verhalten zu ändern, andernfalls würde die Mutter vor Kummer und Gram sterben und er müsste tatsächlich betteln gehen. Sie hielten ihm Gottes Worte und die des Propheten vor, aber schon längst hatte das Gefühl des Verlorenseins die Wurzeln des Glaubens aus dem vor Hunger und Schmerz berstenden Herzen gerissen. Er blieb der nörglerisch bissige Spötter gegenüber allem, was um ihn geschah – auch solchen Ereignissen wie den erbitterten Parteikämpfen und dem Weltkrieg, ja, er wünschte sogar, es möge noch mehr Zerstörung und Elend über die Welt hereinbrechen. Ihn kümmerte nichts. Die Mutter, von unsagbarer Verzweiflung gepackt, konnte nur noch auf Gott vertrauen, doch bisweilen, wenn das Leid zu tief war, fragte sie ihn: »Warum vergiltst du mir meine Liebe mit so viel Gehässigkeit?«

Alles, was sie zu hören bekam, war die höhnische Antwort, dass »jegliches Unglück der Welt von Leuten kommt, die länger als nötig leben«.

Die Lebenskosten stiegen unaufhaltsam. Konnte man noch mehr Entbehrungen ertragen? Er schlug der Mutter vor, sein

Schlafzimmer zu vermieten. Er könnte ja in ihrem Raum auf dem Sofa schlafen. Verwirrt fragte sie: »Wie denn? Wir sollen Fremde ins Haus nehmen?«

Da brüllte er los: »Immer noch besser, als vor Hunger zu sterben!« Wütend blickte er hinunter auf den Hof. »Groß wie ein Fußballfeld und zu nichts gut!«, knurrte er.

Ein Makler brachte einen Studenten, der vom Land stammte und das Zimmer für ein Pfund mietete. Die Freunde machten sich darüber lustig, meinten, dass das Haus nun eine Pension wäre und man seine Mutter mit »Madame al-Bakli« anreden müsste. Doch auch das ließ ihn kalt, stattdessen trällerte er vor sich hin: »Der Tag wird kommen, an dem der Vornehmste zum Gemeinsten wird …«

Die Luftangriffe scherten ihn nicht. Auf die Alarmsirene reagierte er nicht, das Café verließ er nie, den Weg zum Luftschutzkeller kannte er nicht. All dies ging ihn nichts an. Das Einzige, worüber er sich den Kopf zerbrach, war, dass sein Leben verstrich. Bald war er vierzig Jahre alt und hatte sich nie eines köstlichen Leckerbissens oder einer schönen Frau erfreut. Selbst als die Revolution ausbrach, war er nicht erschüttert, sondern tat das mit der lakonischen Bemerkung ab: »Wie es aussieht, richtet sich diese Revolution gegen uns Leute mit Besitz.«

Nie im Leben hatte er eine Zeitung gelesen. Alles, was er wusste, hatte er im Café aufgeschnappt. Schon hatte er die fünfzig überschritten, und auch der Mutter setzte immer mehr das Alter zu. Sie wurde schwächer, nahm kaum noch etwas wahr. Als es ihr immer schlechter ging, willigte sie ein, sich von einem befreundeten Arzt untersuchen zu lassen. Der stellte eine Herzschwäche fest und verordnete ihr Medikamente und Ruhe. Das eine war zu teuer, das andere unmöglich, und immer bänglicher fragte sich Isam al-Bakli, wie er leben sollte, wenn die Rente der Mutter fehlte. Fast stündlich konnte er zusehen, wie sie dahinsiechte, und eines Morgens war es schließlich so weit, dass er sie tot im Bett fand. Er sah sie lange an, bevor er ihr Gesicht verhüllte. Dunkle Erinnerungen aus einer weit zurückliegenden Vergangenheit zogen herauf, die ihn gezwungenermaßen vom Spotten abhielten und ihm klarmachten, dass das ein Moment der Trauer und Schwermut war.

Auf der Stelle suchte er seinen reichsten Freund auf, den Immobilienhändler Herrn Nuh, der sich bereit zeigte, sich um die Tote zu kümmern und sie zu beerdigen. Er warnte Isam al-Bakli davor, das Haus zu verkaufen, denn dann würde er schon bald in den Straßen vagabundieren. Aber konnte er vom Betrug beim Tricktrack oder von der Vermietung des Zimmers leben? Würde die Großzügigkeit der Freunde endlos weitergehen? Isam al-Bakli fand den Mut, in Vororten das Betteln zu probieren, und siehe da, der Versuch lohnte sich.

Die Tage vergingen. Ein Führer starb, es folgte der nächste. Es kam die Zeit, da das Land sich öffnete, und da zählte Isam al-Bakli schon siebzig Jahre. Siebzig elende, verzweifelte Jahre. Die Teuerungswelle hielt an, erregte Aufsehen, weil alles aus dem Gleichgewicht geriet. Die Bettelei brachte nichts mehr, die Großzügigkeit der Freunde nahm ab und schwand schließlich gänzlich dahin. Einige, o Jammer, waren bereits verschieden, und der Rest zog sich zurück ins stille Greisentum, das sich mit Plaudereien begnügt. Wie ging es ihm schlecht, dem alten, unglücklichen, verzweifelten Isam al-Bakli.

Doch da fiel plötzlich in Gestalt eines Maklers ein Engel vom Himmel, der alle Finsternis irdischen Daseins verscheuchte. Im Beisein seiner zwei Freunde, des Anwalts und des Immobilienhändlers, kam es zum Abschluss des Vertrags, und gleich darauf wurde die märchenhafte Summe in der Bank hinterlegt. Dann gingen die drei in ein kleines, einfaches Café, das in seiner Bescheidenheit dem Aussehen des heruntergekommenen Millionärs Isam al-Bakli entsprach. Der seufzte nur ein ums andere Mal wohlig auf, was keinerlei Erklärung bedurfte. Zum ersten Mal im Leben fühlte er sich rundum glücklich. Doch plötzlich stammelte er verlegen: »Lasst mich ja nicht allein!«

Othman al-Kulla lachte. »Von heute an brauchst du niemanden mehr.«

»Aber nein«, hielt Herr Nuh dagegen, »verrückt wie er ist, muss man ihn bei jedem Schritt beraten!«

Dankbar stotterte Isam al-Bakli: »Ihr seid wirklich das Beste, was ich im Leben kennengelernt habe.«

»Bevor es an die konkreten Aufgaben geht«, erklärte Herr Nuh, »sind einige Dinge umgehend zu erledigen. Als Erstes gehst du auf direktem Weg ins türkische Bad, um den ganzen Schmutz herunterzubekommen und wieder dein ursprüngliches Aussehen anzunehmen.«

»Da erkennen die in der Bank mich nicht mehr«, sorgte sich Isam al-Bakli.

»Du lässt dich rasieren. Wir kaufen noch heute einen Anzug und was du sonst noch an Kleidung brauchst, damit du kein Misstrauen erregst, wenn du dir in einem ordentlichen Hotel ein Zimmer nimmst.«

»Soll ich im Hotel leben?«

»Wenn du willst, warum nicht? Da wirst du von vorn und hinten bedient und hast alles.«

»Eine Wohnung bietet auch Vorteile.«

»Eine Wohnung?«, rief Isam al-Bakli. »Da müsste dann auch eine Braut her.«

»Eine Braut?«

»Warum nicht? Ich wäre nicht der Erste und auch nicht der Letzte, der mit siebzig noch heiratet.«

»Das wird schwierig.«

»Vergiss nicht, dass der Bräutigam Millionär ist!«

»Gewiss ist das ein großer Anreiz«, erklärte lachend der Anwalt, »aber nur für die Schlampen.«

»Schlampe oder nicht«, hielt Isam al-Bakli dagegen, »letzten Endes sind doch alle gleich.«

»Keineswegs. Möglicherweise ziehst du wieder als Bettler herum, und zwar schneller, als du je gedacht hättest.«

»Wir sollten das Thema auf später verschieben«, schlug Othman al-Kulla vor.

Doch da protestierte Isam al-Bakli: »Aber nein! Eine Frau ist wichtiger als ein Anzug.«

»Es gibt genügend Gelegenheiten, sich zu zerstreuen.«

»Aber nicht ohne euch.«

»Wir haben uns von solchen Dingen schon lange verabschiedet.«

»Was soll ich allein machen?«

»Wer Geld hat, ist nicht allein.«

»Es ist zu überlegen, wie das Geld angelegt wird, denn einzig vernünftig ist es, vom Ertrag und nicht vom Kapital zu leben«, meinte Herr Nuh.

»Vergiss eins nicht: Ich bin siebzig und habe keinen Erben.«

»Und wennschon.«

»Wichtig allein ist«, so der Anwalt, »dass wir einen Anfang machen.«

Da Othman al-Kulla mit dem Direktor des Nil-Hotels zusammenarbeitete und mit ihm befreundet war, hatte er dort für Isam al-Bakli ein schönes Zimmer bestellt. Als sie sich am Abend trafen, erschien Isam al-Bakli in neuem Anzug. Der Schmutz war verschwunden, nur das Unglück des Alters und das frühere Elend hafteten an ihm.

»Der reinste Valentino, beim Herrn der Kaaba!«, verkündete lachend der Anwalt.

Isam al-Bakli lud die Freunde zum Abendessen an seinen Tisch ein. Man trank ein paar Gläser, um den Appetit wachzuhalten, und nach dem Essen verabredete man sich für den nächsten Tag. Isam al-Bakli geleitete die Freunde zum Auto, doch ins Hotel ging er nicht zurück. Er rief ein Taxi, ließ sich in die Mohammed-Ali-Straße bringen und suchte schnurstracks ein für seine einheimische Küche berühmtes Restaurant auf. Das feine Mahl im Hotel betrachtete er bestenfalls als Vorspeise. Er ließ sich Fleischbrühe mit Brösel bringen, bestellte Hammelkopf und aß sich von Herzen satt. Dann trat er hinaus auf die Straße, und wo immer sich die Gelegenheit bot, probierte er hier ein Schälchen Kokosspeise, dort ein bisschen Kunafa und dann wieder ein Stück Zuckerkuchen. Es war, als hätte ihn die Fresssucht befallen. Erst gegen Mitternacht kehrte er ins Hotel zurück, vollgestopft bis oben hin, sodass er fast nicht mehr bei Bewusstsein war. Eine Last, unerwartet schwer, drückte auf Seele und Glieder. Mit größter Mühe gelang es ihm, die Tür abzuschließen und das Jackett auszuziehen, doch zu mehr war er nicht imstande. Er warf sich aufs Bett, mit Hose und Schuhen, und selbst das Licht ließ er brennen. Was hockte ihm da auf Bauch, Brust und Herz? Was hinderte ihn am Atmen? Wer würgte ihn am Hals? Er wollte um Hilfe rufen, nach jemandem klingeln, das Telefon finden – doch er konnte sich nicht bewegen. Die Hände waren gefesselt, die Füße geknebelt, die Stimme versagte. Sicher gab es einen Arzt im Hotel, doch wie ihn erreichen? Was war das für ein merkwürdiger Zustand, der den Menschen willenlos und hinfällig machte, ihn in ein Nichts verwandelte? Ah, das war der Tod. Der Tod schlich näher und näher, und Widerstand war nicht möglich. Fiebrige Gedanken setzten ihm zu, machten ihn glauben, er stieße Schreie aus … Direktor, Nuh, Othman, Reichtum, Braut, Frau, Traum … Doch da war keine Antwort. Wozu dann das Wunder? Es war umsonst. O Gott, alles war sinnlos gewesen.

Worterklärungen

Abu Vater (des ...), in Verbindung mit dem Namen des ältesten Sohnes als Ehrenbezeichnung verwendet

Amm altsüdarabischer Gott

Basmala die Formel Bismi 'llah ar-rachman ar-rachim, »Im Namen Allahs des Gnädigen, des Barmherzigen«, mit der fromme Muslims jede wichtige Handlung beginnen, Briefe und Bücher einleiten usw.

Bohnen Gericht aus braunen Puffbohnen, ägyptisches Nationalgericht

Buch Allahs d. i. der Koran

Bulak Volksviertel in Kairo

Cairo Tower während der Regierungszeit Nassers erbauter Aussichtsturm auf der Nilinsel El-Samalek in Kairo

Chamassin heißer Wüstenwind in Ägypten

Effendi veraltete, türkische Form der Anrede fur »Herr«

El-Gharbi-Viertel d. i. das Europäerviertel

Fatiha erste Sure des Korans

Gilbab weites Übergewand

Heliopolis moderner Vorort von Kairo mit vielen Villen

Kum El-Dikka Stadtteil von Alexandria

Kuskus Gericht aus Grieß

Millim kleinste ägyptische Münzeinheit

Mohammed-Ali-Straße große Straße im Inneren Kairos, die vom Platz El-Ataba El-Chadra zum Fuß der Zitadelle führt, heute Shari El-Kal'a. Hier gab es früher zahlreiche Amüsierlokale mit Bauchtanz und arabischer Musik.

Morgengabe Nach dem islamischen Eherecht muss der Mann der Frau nach Abschluss des Ehevertrages ein Geschenk überreichen, ohne das die Ehe ungültig ist.

Muslimbrüder 1928/29 in Ägypten gegründete Bewegung, die die Rückkehr zu den fundamentalen Lehren des Islams und des islamischen Rechts predigte und fanatisch-religiöse mit extrem nationalistischen Anschauungen verband; nach der Revolution von 1952 verboten

Piaster ägyptische Münzeinheit; ein ägyptisches Pfund = 100 Piaster

Ramadan der islamische Fastenmonat, während dessen der erwachsene, gläubige Muslim von Sonnenauf- bis -untergang weder essen, trinken, rauchen noch lieben darf. In diesem Monat spielt sich viel Leben in den Nächten ab.

Rod El-Farag Volksviertel von Kairo

El-Sajid El-Badawi geboren um 1200, gilt seit Jahrhunderten als der größte Heilige Ägyptens und Retter aus allen Nöten

Sajida Seinab Volksviertel in Kairo, nahe der gleichnamigen Moschee

Sakkara großes historisches Gräberfeld in der Wüste südlich von Kairo, enthält Grabdenkmäler aus fast allen Zeiten der ägyptischen Geschichte

Schardacha Volksviertel am Stadtrand von Kairo, nahe dem Mokattamgebirge

El-Scharki-Viertel d. i. das Orientalenviertel

Scheich eigentlich »älterer Mann«, dann Titel für einen Mann von religiöser, aber auch sozialer und weltlicher Autorität

Sonntag In islamischen Ländern ist der wöchentliche Feiertag am Freitag.

Suk der arabische Markt

Tamija Bohnenpastetchen mit Zwiebeln, Knoblauch und Petersilie

Tarbusch rote Kopfbedeckung für Männer, auch *Fes* genannt, wurde bis in die Vierzigerjahre viel getragen, kommt heute mehr und mehr außer Gebrauch

Thronvers Koran, Sure 2, Vers 255 der offiziellen ägyptischen Koranausgabe, gilt als besonders heilig und wird oft als Gebet verwendet; Wortlaut: »Allah! Es gibt keinen Gott außer ihm, dem Lebendigen, dem Ewigen! Nicht ergreift ihn Schlummer und nicht Schlaf. Sein ist, was in den Himmeln und was auf Erden. Wer ists, der da Fürsprache einlegt bei ihm ohne seine Erlaubnis? Er weiß, was zwischen ihren Händen ist und was hinter ihnen, und nicht begreifen sie etwas von seinem Wissen, außer was er will. Weit reicht sein Thron über die Himmel und die Erde, und nicht beschwert ihn beider Hut. Denn er ist der Hohe, der Erhabene.« (Deutsche Übersetzung v. M. Henning.)

Ujun El-Mija »Wasserquellen«, Ausflugsort

Ustas eigentlich »Meister«, »Professor«, nicht nur für Gelehrte, sondern auch für Musiker, Sänger, Künstler, Schriftsteller und oft ganz allgemein für Gebildete verwendet

Wakf fromme Stiftung. Nach dem islamischen Recht können Immobilien aller Art und bestimmte Mobilien von ihrem Besitzer zu einer frommen Stiftung erklärt werden, die gemeinnützigen Zwecken oder einer Familie zugute kommt.

Nagib Machfus: Leben und Werk

Nagib Machfus wird am 11. Dezember 1911 als jüngstes von sieben Kindern eines kleinen Regierungsbeamten im Stadtteil Gamalija, einem der ältesten Viertel von Kairo, geboren. 1924 zieht die Familie in das neu erbaute Viertel Abbassija außerhalb der Altstadt, in dem sich vorwiegend Ägypter aus dem Mittelstand ansiedeln. Für Machfus, der abgesehen von Reisen nach Alexandria sein ganzes Leben in Kairo verbracht hat, ist die Altstadt nicht nur Ort seiner Kindheit, sondern auch Schauplatz fast aller seiner Romane; hier, im Kleinbürgermilieu, spiegelt sich für ihn Ägypten, ja die ganze Welt.

Als Kind lernt er die altägyptische Kultur durch Museumsbesuche kennen, später geht er, der zu Hause wenig intellektuelle Anregung erhält, regelmäßig in Kinovorstellungen. Den Kinobesuchen entspringen erste Schreibversuche. Ernsthaft zu schreiben und in Zeitschriften zu veröffentlichen beginnt Machfus während seines Philosophiestudiums (1930–1934). Doch die schriftstellerische Arbeit bleibt Nebenbeschäftigung, denn nach Abschluss des Studiums schlägt er eine Beamtenlaufbahn ein, zunächst in der Verwaltung der Universität und im Ministerium für »Religiöse Stiftungen«, dann, ab 1953 bis zu seiner Pensionierung 1971, im Bildungsministerium, wo er hauptsächlich Aufgaben im Filmbereich wahrnimmt.

Seine ersten drei Romane, zwischen 1939 und 1944 erschienen, sind in der Zeit der Pharaonen angesiedelt und entsprechen damit ganz dem Zeitgeist der Zwanziger- und Dreißigerjahre, als die Unabhängigkeitsbewegung die ägyptische Identität in der Rückbesinnung auf das alte Ägypten suchte. Die Form des historischen Romans erlaubt es ihm zudem, die Zensur zu umgehen; Bezüge zur Gegenwart sind ihm wichtiger als historische Genauigkeit. Und noch etwas zeichnet diese ersten Werke aus: In den Dreißigerjahren war der Roman als Gattung in der arabischen Literatur noch immer Neuland, nachdem 1914 der erste Roman in arabischer Sprache erschienen war. Machfus widmet sein ganzes Schaffen dieser Gattung, bringt sie zur Blüte und erschließt eine Vielzahl an neuen Ausdrucksmöglichkeiten für die arabische Literatur.

Die Auswirkungen des Zweiten Weltkriegs, der Zerfall der Monarchie, die sich zuspitzenden sozialen Gegensätze und die Hoffnung auf Befreiung vom britischen Kolonialsystem lassen Machfus seinen ursprünglichen Plan, die Geschichte der Pharaonen in vierzig Romanen darzustellen, aufgeben zugunsten einer literarischen Gestaltung des Kairoer Alltags der Gegenwart. Abschluss und Höhepunkt der realistischen Phase, in der auch die Romane *Die Midaq-Gasse* und *Anfang und Ende* entstehen, ist die *Kairo-Trilogie,* die das Schicksal einer Kaufmannsfamilie über drei Generationen hinweg verfolgt. Ihre Veröffentlichung 1956/57 macht ihn auf einen Schlag zu einem der führenden Schriftsteller der arabischen Welt. Die neue Regierung unter Nasser, dem er zunächst abwartend gegenübersteht, zeichnet ihn mit dem Staatspreis für Literatur aus.

Die *Kairo-Trilogie* schließt Machfus kurz vor der Revolution 1952 ab. 1954 heiratet er Atijatallah Ibrahim; der Ehe entstammen zwei Töchter. In den folgenden Jahren, einer Zeit der politischen und sozialen Umwälzungen in Ägypten, entstehen keine neuen literarischen Werke. Machfus wendet sich vielmehr dem Film zu, seinem zweiten künstlerischen Schwerpunkt. Seine Bedeutung für das ägyptische Filmschaffen darf nicht unterschätzt werden: Für rund fünfundzwanzig Filme schrieb er entweder das Drehbuch oder lieferte die Filmidee, zudem wurden viele seiner Romane ohne seine direkte Beteiligung verfilmt.

Sein nächster Roman, *Die Kinder unseres Viertels,* wird 1959 in der ägyptischen Staatszeitung *Al-Ahram* abgedruckt. Die Entrüstung der konservativen islamischen Kreise über diesen Roman, der erst 1967 in Beirut in Buchform veröffentlicht werden kann und in vielen arabischen Staaten verboten ist, schlägt bis heute hohe Wellen.

Die Sechzigerjahre, bis 1967, bedeuten eine neue Phase in Machfus' Werk. Themen wie Entfremdung und Lebensenttäuschung treten in den Vordergrund, der Ton ist zunehmend pessimistisch. Romane wie *Miramar, Der Rausch* und *Der Dieb und die Hunde* entstehen in dieser Zeit. Machfus erschließt sich neue literarische Darstellungsmittel: Das Zurücktreten des auktorialen Erzählers, wechselnde Erzählperspektiven, innere Monologe, das Verschwimmen von Wirklichkeit, Traum und Vision kennzeichnen den neuen Erzählstil.

Neben der Julirevolution 1952 bedeutet auch der verlorene Krieg gegen Israel 1967 einen Wendepunkt in Machfus' Leben und beeinflusst sein literarisches Schaffen nachhaltig. Dabei nimmt er nie direkt politisch Stellung. Vielmehr setzt er sich mit den Veränderungen der ägyptischen Gesellschaft auseinander, mit Opportunismus, Karrierismus und dem Gefühl der Machtlosigkeit des Individuums. Die Pensionierung 1971 erlaubt es ihm, sich endlich ganz dem Schreiben zu widmen; neue Werke entstehen in rascher Folge und zeigen wiederum eine Erweiterung des Erzählstils. Er greift zurück auf die Tradition islamischer Mystik, auf volkstümliche Geschichten und klassische Reiseliteratur; viele Werke sind auch symbolisch oder allegorisch zu lesen. Es entstehen *Die Reise des Ibn Fattuma, Die Nacht der Tausend Nächte, Echnaton* und *Der letzte Tag des Präsidenten.*

Nachdem er im Lauf der Jahre die höchsten ägyptischen Auszeichnungen für seine Romane und seine kulturellen Verdienste erhalten hat, wird Nagib Machfus 1988 als erstem arabischem Autor der Nobelpreis für Literatur verliehen. Sein Werk umfasst rund vierzig Romane und über hundert Erzählungen sowie Drehbücher, Theaterstücke und mehr als zweihundert Artikel.

1994 wird Machfus bei einem Attentat durch religiöse Fanatiker schwer verletzt. Trotzdem äußert er sich in den folgenden Jahren zum Zeitgeschehen, zum Beispiel in seiner wöchentlichen Kolumne in *Al-Ahram.* Seine Stimme hat nichts von ihrer Autorität in der arabischen Welt verloren.

Am 30. August 2006 stirbt Nagib Machfus nach kurzer Krankheit in Kairo.

Die Übersetzer

Susanne Enderwitz studierte Islamwissenschaft an der FU Berlin, wo sie auch promovierte und habilitierte. Ihr Spezialgebiet ist die arabische Literatur, die arabisch-islamische Geschichte und die islamische Religion. Seit 2002 ist sie Professorin für Arabistik an der Universität Heidelberg.

Hartmut Fähndrich 1944 in Tübingen geboren, ist seit 1978 Lehrbeauftragter für Arabisch und Islamwissenschaften an der ETH Zürich. Neben seiner Übersetzertätigkeit arbeitet er auch als Herausgeber und Publizist. Für seine Übersetzungen wurde er mehrfach ausgezeichnet.

Doris Kilias geboren 1942, studierte Arabistik und Romanistik in Berlin. Nach einem Aufenthalt in Kairo folgte 1974 die Promotion über ägyptische Kurzprosa und 1984 die Habilitation über algerische arabofone Literatur. Doris Kilias übersetzte zahlreiche arabische Autorinnen und Autoren, darunter den Großteil der Werke von Nagib Machfus. Sie starb im Juni 2008.

Wiebke Walther studierte Orientalistik in Halle-Wittenberg, promovierte 1966 und habilitierte sich 1980 zum Thema »Die Frau im Islam«. Neben ihrer langjährigen Lehrtätigkeit an deutschen Universitäten publizierte sie zahlreiche Bücher zur arabischen Literatur und übersetzte aus dem modernen Arabisch. 1988 erhielt sie den Friedrich-Rückert-Preis.

Quellenverzeichnis

»Zaabalawi« (Za'balawi), aus: Nagib Machfus, *Dunya Allah* (Gottes Welt), Maktabat Misr, Kairo 1963. Deutsche Erstveröffentlichung in: *Erkundungen. 17 arabische Erzähler,* Verlag Volk und Welt, Berlin 1971, aus dem Arabischen von Doris Kilias. Für diese Ausgabe: Nagib Machfus, *Die Kneipe Zur Schwarzen Katze. Erzählungen,* Verlag Volk und Welt, Berlin 1993. Aus dem Arabischen von Doris Kilias.

»Geld« (Zayna), aus: Machfus, *Dunya Allah,* 1963. Deutsche Erstveröffentlichung in: Nagib Machfus, *Die Moschee in der Gasse,* Reclam Verlag, Leipzig 1978. Aus dem Arabischen von Wiebke Walther.

»Ein Haus mit schlechtem Ruf« (Bayt sayyi' as-sum'a), aus: Nagib Machfus, *Bayt sayyi' as-sum'a* (Ein Haus mit schlechtem Ruf), Maktabat Misr, Kairo 1965. Deutsche Erstveröffentlichung in: Machfus, *Die Moschee in der Gasse,* 1978. Aus dem Arabischen von Wiebke Walther.

»Angst« (al-Khawf), aus: Machfus, *Bayt sayyi' as-sum'a,* 1965. Deutsche Erstveröffentlichung in: Machfus, *Die Moschee in der Gasse,* 1978. Aus dem Arabischen von Wiebke Walther.

»Die Einöde« (al-Khla'), aus: Nagib Machfus, *Khammarat al-qitt al-aswad* (Die Kneipe Zur Schwarzen Katze), Maktabat Misr, Kairo 1969. Deutsche Erstveröffentlichung in: Machfus, *Die Moschee in der Gasse,* 1978. Aus dem Arabischen von Wiebke Walther.

»Unter dem Dach« (Tahta al-mizalla), aus: Nagib Machfus, *Tahta al-mizalla* (Unter dem Dach), Maktabat Misr, Kairo 1969. Deutsche Erstveröffentlichung in: Machfus, *Die Kneipe Zur Schwarzen Katze,* 1993. Aus dem Arabischen von Doris Kilias.

»Die Kneipe zur Schwarzen Katze« *(Khammarat al-qitt al-aswad),* aus: Machfus, *Khammarat al-qitt al-aswad,* 1969. Deutsche Erstveröffentlichung in: Machfus, *Die Kneipe zur Schwarzen Katze,* 1993. Aus dem Arabischen von Doris Kilias.

»Anbar Lulu«, aus: Nagib Machfus, *Hikaya bi-la bidaya wa-la nihaya* (Eine Geschichte ohne Anfang und Ende), Maktabat Misr, Kairo 1971. Deutsche Erstveröffentlichung in: *Die Zeit,* Nr. 24, 1969, aus dem Arabischen von Nagi Naguib. Für diese Ausgabe: Machfus, *Die Moschee in der Gasse,* 1978. Aus dem Arabischen von Wiebke Walther.

»Die himmlische Begegnung« (al-Muqabala as-samiya), aus: Nagib Machfus, *Al-Dscharima* (Das Verbrechen), Maktabat Misr, Kairo 1973. Deutsche Erstveröffentlichung in: Machfus, *Die Moschee in der Gasse,* 1978. Aus dem Arabischen von Wiebke Walther.

»Das Verbrechen« (Al-Dscharima), aus: Machfus, *Al-Dsharima,* 1973. Deutsche Erstveröffentlichung in: Machfus, *Die Moschee in der Gasse,* 1978. Aus dem Arabischen von Wiebke Walther.

»Auf Freiersfüßen« (al-'Arisu), aus: ebd. Aus dem Arabischen von Wiebke Walther.

»Die segensreiche Nacht« (al-Layla al-Mubaraka), aus: Nagib Machfus, *al-Layla al-Mubaraka* (Die segensreiche Nacht), Kairo 1982. Deutsche Erstveröffentlichung in: *Das Magazin,* Nr. 33, Wochenendbeilage des *Tages-Anzeigers,* Zürich, und der *Berner Zeitung* vom 18./19. August 1989. Aus dem Arabischen von Hartmut Fähndrich.

»Der Graben« (al-Khandaq), aus: Nagib Machfus, *al-Tanzim al-sirri* (Die Geheimorganisation), Maktabat Misr, Kairo 1984. Deutsche Erstveröffentlichung in: *Nobelpreisträger für Literatur,* Coron Reihe, Nr. 83, Coron Verlag, Lachen am Zürichsee 1987, aus dem Arabischen von Hartmut Fähndrich.

»Die norwegische Ratte« (al-Fa'r al-norwidhsi), aus: Machfus, *al-Tanzim al-sirri,* 1984. Deutsche Erstveröffentlichung in: *Deutsches Allgemeines Sonntagsblatt,* 27. Januar 1989. Aus dem Arabischen von Susanne Enderwitz.

»Lange geplant« (Khitta ba'idat al-mada), aus: Nagib Machfus, *al-Fadshr al-Kadhib* (Das trügerische Morgenlicht), Maktabat Misr, Kairo 1989. Deutsche Erstveröffentlichung in: Machfus, *Die Kneipe Zur Schwarzen Katze,* 1993. Aus dem Arabischen von Doris Kilias.

Die Kairo-Trilogie

Das Hauptwerk des ägyptischen Nobel-Preisträgers – »Der Baedeker zu Ägyptens Seele.« *Newsweek*

Zwischen den Palästen

Abd al-Gawwad, der übermächtige Herrscher der Familie, ist gefürchtet und geliebt zugleich. Strotzend vor Vitalität und Lebenslust, ist er zuhause doch der gnadenlose Patriarch, der Ehefrau, Töchter und Söhne an seinen Fäden führt. Die Familienmitglieder verstricken sich immer tiefer im Geflecht ihrer verunsicherten Beziehungen.

Palast der Sehnsucht

Entmutigt durch die schroffe Ablehnung, mit der der Vater Kamals Begeisterung für die Wissenschaft und die nationale Unabhängigkeitsbewegung begegnet, beginnt Kamal, sich in Weinbuden zu betrinken und durch die Bordellgassen zu streifen. Sein Bruder und der Vater buhlen derweil, ohne es voneinander zu wissen, um die Liebe derselben Frau.

Zuckergässchen

Gealtert und durch Krankheit gezähmt, verfolgt Abd al-Gawwad, der einst so stolze Herrscher der Familie, auf dem Balkon seines Palastes das Straßentreiben. Da erreicht der Zweite Weltkrieg Ägypten. Luftangriffe auf Kairo! Der Riss, der durchs Land geht, bricht auch in Abd al-Gawwads Familie auf.

Mehr über Autor und Werk auf *www.unionsverlag.com*

Nagib Machfus im Unionsverlag

»Meine Liebe gilt den Bewohnern der Gassen. Nicht nur der alten Gassen von Kairo, sondern der Gassen der ganzen Welt.« *Nagib Machfus*

»Der Pharao der Literatur.« *Die Zeit*

»Niemand kennt Ägypten und seine die Zeiten überdauernden Eigenheiten besser als Nagib Machfus – der berühmteste Schriftsteller des Landes und Nobelpreisträger.«
Süddeutsche Zeitung

Das Lied der Bettler
Der Dieb und die Hunde
Echo meines Lebens
Cheops
Radubis
Das Buch der Träume
Die Nacht der Tausend Nächte
Die himmlische Begegnung
Karnak-Café
Der Rausch
Echnaton
Miramar
Das junge Kairo
Anfang und Ende
Der letzte Tag des Präsidenten
Ehrenwerter Herr
Die Midaq-Gasse
Die Reise des Ibn Fattuma
Spiegelbilder

Mehr über Autor und Werk auf *www.unionsverlag.com*

Tschingis Aitmatow im Unionsverlag

»Die Kreise des kirgisischen Schriftstellers, dessen frühe Novellen nun schon über zwei Lesergenerationen die Atemlosigkeit menschlicher Erfahrung mit dem Leid des Krieges, der Zerstörung der Kindheit, der Liebe, der Familie in Erinnerung rufen, sind weltumspannend.« *Freie Presse*

»Der Duft Kirgisiens nimmt uns gefangen, der poetische Zauber jeder Zeile. Als ›Sänger der Berge und Steppen‹, als großartiger Erzähler kann und will Aitmatow nicht verleugnen: seine Heimat ist Kirgisien.« *Stuttgarter Zeitung*

Abschied von Gülsary
Du meine Pappel im roten Kopftuch
Der Richtplatz
Dshamilja
Aug in Auge
Die Klage des Zugvogels
Ein Tag länger als ein Leben
Begegnung am Fudschijama
Der weiße Dampfer
Das Kassandramal
Goldspur der Garben
Kindheit in Kirgisien
Liebesgeschichten
Frühe Kraniche
Der Schneeleopard
Der Junge und das Meer
Die Kraft der Schamanen
Tiergeschichten

»Das Wort verkümmert und stirbt, wenn wir es nicht mit anderen teilen.« *Tschingis Aitmatow*

Mehr über Autor und Werk auf *www.unionsverlag.com*

Yaşar Kemal im Unionsverlag

Die Memed-Romane

Wie aus Memed, dem schmächtigen, ängstlichen Knaben, ein Räuber, Rebell und Rächer des Volkes wird.

Memed mein Falke
Die Disteln brennen
Das Reich der Vierzig Augen
Der letzte Flug des Falken

Die Insel-Romane

Der Romanzyklus einer paradiesischen Insel in der Ägäis, die zum Spielball der Weltpolitik wurde.

Die Ameiseninsel
Der Sturm der Gazellen
Die Hähne des Morgenrots

Weitere Werke

Der Baum des Narren
Auch die Vögel sind fort
Salman
Die Ararat-Legende
Der Granatapfelbaum
Salih der Träumer
Zorn des Meeres
Töte die Schlange
Das Lied der Tausend Stiere
Der Wind aus der Ebene
Das Unsterblichkeitskraut
Eisenerde, Kupferhimmel

Mehr über Autor und Werk auf *www.unionsverlag.com*